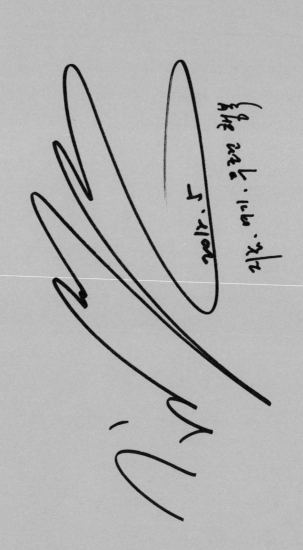

연애

연애

1판1쇄 펴냄 2012년 5월 23일

지은이 김여진
펴낸이 김경태
마케팅 박정우
디자인 Studio Marzan 김성미
사진 제공 표지·앞날개 심재익, p12 거다란, p82 노재국, p118 유니코리아,
     p196 조남룡, p260 뉴시스, p304 하더현
펴낸곳 퍼블리싱 컴퍼니 클

출판등록 2012년 1월 5일 제311-2012-02호
주소 122-842 서울시 은평구 대조동 193-7
전화 070-4175-4680 | 팩스 02-354-4680 | 이메일 editor@bookkl.com

ISBN 978-89-968849-0-3 03810

이 책은 저작권법에 의해 보호를 받는 저작물이므로 무단 전재 및 무단 복제를 금합니다.
잘못된 책은 바꾸어드립니다.

연애

김여진

몇 번이고 날 울린 김진숙과

몇 번이고 날 참아준 김진민에게

목 차

흘깃, 방금 날 본 거 알아요.
당신이 날 쳐다봐줘서 좋아요.
나도 당신을 봤죠.
궁금했어요, 어떤 사람일까.
당신도 내가 궁금하길 바라요.

이제 말을 걸게요.
나에 대해 주절주절 얘기할 거예요.
당신이 지루하지 않을까 노심초사하면서도
열심히 들어주는 당신 때문에 쑥스러움을 무릅쓰고
이런저런 얘기를 늘어놓게 되겠지요.

날 좋아해주면 좋겠어요.
내가 모자라고 유치하더라도
나를 좀더 많이 알고 싶어했으면 좋겠어요.

그래요, 연애를 걸고 싶어요.
어떻게 될지 두고 보자구요.

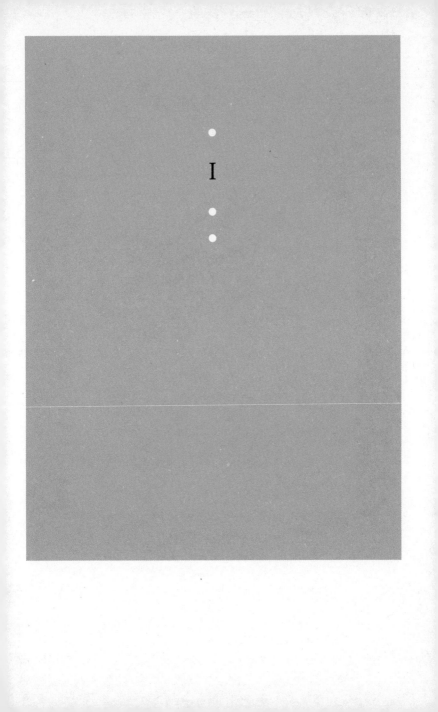

I

:

그들이
보이기
시작했다

발톱을 깎고 있었다. 겨울 햇살이 들고 있었고 마음은 아무
렇지도 않았다. 옆에 놓아두었던 핸드폰을 통해 트위터를
흘깃흘깃 보고 있었다. 이런저런 얘기들 중 역시 홍대 소식
에 계속 시선이 머물렀다. 한 트친(트위터친구)이 오전에 빵
과 요구르트 몇 개 사들고 홍대 문헌관에 들렀다고 했다. 여
태 '청소'를 직업으로 살아오신 그 어머니 한 분, 찾아주어
너무 고맙다며 손을 잡고 눈물을 글썽이셨다 했다.

　깎은 발톱을 휴지에 싸서 버리고 물 한 잔을 마셨다. 기억
해보려 했다. 이 세상 그 많은 '청소아줌마'. 얼굴이 떠오르
지 않는다. 복장이 떠오른다. 청록색이나 자주색 유니폼. 두

꺼운 합성섬유의 미운 옷. 보통 명찰이 붙어 있고, 장화를 신은 모습, 파마머리, 밀대나 빗자루를 들고 있는 뒷모습. 그래, 뒷모습이 떠오른다. 흘긋 보다 말았던 그 실루엣. 한 사람이나 다름없다. 어떻게 다른지 생각해본 적도 없다.

가을, 그러니까 2010년 9월 즈음이었을 거다. 서울대학병원 청소노동자들이 해고에 항의해 파업을 하고 있다는 소식을 접했다. 트위터에서였다. 사람들이 싸우는 모습, 아주 좁은 공간, 학교 관계자들한테서 들었다는 막말. 그런 소식들이 타임라인을 통해 전해졌다. 얼마 후 동국대학교에서도 같은 소식이 들려왔다. 어떤 분들은 삭발도 하셨단다. 이 소식들은 내가 간혹 리트윗을 하기도 했다.

연극 〈엄마를 부탁해〉를 국립박물관 내 '극장 용'에서 공연하고 있을 때였다. 11월, 박물관의 늦가을이 깊어지고 있었다. 아름다웠다. 매일 걸어서 관내를 지나면서 행복했다. '엄마를 잃어버린 딸'을 연기하면서 매일 울어야 했지만, 쾌적한 환경이 주는 기쁨은 꽤 컸다. 난 크고 멋진 건물과 흐드러진 단풍에만 시선을 주고 귀에 이어폰을 꽂은 채 지나다니고만 있었다.

그러다 한 사람, 두 사람, 보이기 시작했다. 청소하는 아주머니들, 아니 '청소노동자'. 이곳저곳으로, 그분들은 끊임없이 움직이고 있었다. 트위터에서 서울대학병원과 동국대의 소식을 접한 후에야 내 주변의 그분들이 비로소 눈에 들어왔다. 극장 용, 분장실 입구의 아주 작은 공간, 물품을 보관하는 그곳에 간혹 앉아서 쉬던 모습. 인사하면 오히려 당황해하곤 했다. 마음이 조금씩 일렁였다.

"엄마는 늘 우리한테 꿈을 찾아가라고 하셨는데, 엄마한테 어떤 꿈이 있었는지 한 번도 물어본 적이 없어. 왜 처음부터 엄마였던 사람이라고 생각했을까? 왜 아무것도 모르면서 더 이상 알 것 없는 사람이라고 생각했을까?"

잃어버린 엄마를 찾고 있는 딸의 마음을 이렇게 매일 말하며 연기하다보면 나도 그런 생각을 하게 된다. 모른 채 살아온 많은 사람들, 날 먹이고 입히고 재우고 깨끗이 살게 한 엄마, 세상의 모든 엄마들. 심지어 무시하고 하대했던 사람들. 매일 조금씩 그렇게 마음이 움직이던 중이었다.

12월 어느 날, 트위터에 올라온 한 장의 사진. 서울시 종로구 환경미화원의 일인시위. "손 씻을 공간이 없습니다." 때는 바야흐로 크리스마스 즈음. 거리엔 온통 반짝이는 전구와 네온으로 눈이 부실 때, 우리 동네에선 이맘때면 늘 하는 도로 포장공사가 한창일 때, 한 사람, 매일매일 이 도시를 청소하는 한 사람이 손을 씻고 싶다고 일인시위를 하고 있었다.

상상해본다, 버릇처럼. 늘 다른 사람의 마음을 상상하는 배우의 습관대로. 새벽 청소를 마치고도 손을 씻지 못하고 버스에 오르는 그 사람의 마음. 사람들의 시선. 무심코 찌푸리고 돌려버리는 얼굴들. 본인에게도 옆 사람에게도 불쾌한 냄새. 그는 무엇을 잘못했지? 남들이 다 자는 시간, 그는 이 도시를 청소했다. 남들이, 우리가 더럽히고 어질러놓은 장소를 깨끗이 치웠다. 누가 더러운 사람일까? 그런데 그는 왜 매일 아침 버스에서 '더러운 사람' 취급을 받아야 할까? 누구든, 그런 기분을 매일 느껴야 한다는 게 어째서 당연한 일일까? 눈물이 났다. 오랜 세월, 나도 당신도 의심 없이 받아들인 그 잔인한 통념. 그때부터 청소하는 사람들의 모습이 내 마음속에 들어와 있었다.

홍익대
청소노동자들

홍익대 청소노동자들은 2011년 1월 1일자로 전원 해고당했다. 새해 첫날 출근을 했더니, 라커에 붙어 있는 종이 한 장으로 170명의 일자리가 날아갔다. 하루 열한 시간을 머물던 직장. 한 달 점심값으로 9천 원 주면서 마음대로 밖에 나가지도 못하게 하던 직장. 이것저것 다 떼고 80만 원이 될까 말까 한 월급, 그래도 직장. 일하며 먹고살아야 하는 어머니들의 유일한 직장. 그분들은 그곳에서 길게는 10년씩 일을 했다. 어디 다른 곳에서 물건 만들어 납품한 게 아니었다. 그 학교, 그 건물을 직접 쓸고 닦으며 살아왔다.

노동조합을 결성했기 때문이었다. 학교 측은 용역회사와

의 계약을 해지했을 뿐이라고 했다. 학교가 직접 고용한 것이 아니므로 어떤 책임도 없다고 했다. 비단 홍익대만의 문제는 아니었을 거다. 관공서를 비롯한 거의 모든 시설들이 청소와 건물 관리를 용역업체에 맡기는 실정이다. 그러니 청소노동자의 처우는 그 누구도 책임지지 않았다. 용역업체로서는 학교나 관공서 건물 안에 청소노동자들을 위한 쉼터를 만들 권한이 없고, 청소노동자로서는 관리소장한테 어떤 모욕적인 말을 듣든 (심지어 성적 수치심을 유발하는 어떤 짓을 당하든) 하소연할 데가 없는 상황이었다.

일하는 사람들은 그 어떤 자기주장도 해서는 안 되는 거였나. 주는 대로 받고, 어떤 인격적인 모독도 삼기고, 그러다 필요 없으면 잘리는, 그런 존재인가. 그래야 마땅한가. 이 세상의 다수는 일하는 사람이고 그들의 수고가 없으면 이 세상에 무엇 하나 생겨나지도 유지되지도 않는데, 왜 일하는 쪽 사람들은 늘 이렇게까지 약자인가.

그래서 일하는 사람들은 자신의 목소리를 낼 조직이 필요한 건데, 학교 측은 그게 싫었던 거다. 마음대로 부려먹고, 어디서 밥 먹든 쉬든 상관 안 하고, 아무 때나 맘 내킬 때 잘라버리고 싶은데 노조가 있으면 그렇게 못 할 테니까, 성가

시고 짜증이 났을 거다. "어디 감히"라는 마음이 있었는지도 모른다. 그게 우리나라 대학의 일반적인 태도와 생각이었으니.

홍익대의 경우 좀더 심각했다. 스스로를 '비운동권'이라고 칭하는 학생회는 학교를 대신하여 청소노동자의 싸움에 '적'으로 등장했다. 어머니들의 집회가 자신들의 학습권을 해치고 있다는 주장이었다. 어머니들을 돕기 위해 들어와 있던 민주노총과 다른 단체들을 '외부세력'이라 칭하며 나가달라고 했다. 학교 측의 주장과 입장을 총학생회가 대변인인 양 반복해서 읊어대고 있었다.

게다가 '구사대'를 자청하여 어머니들의 집회를 방해하기에 이르렀다. 파란 점퍼를 입고 집회 현장에 뛰어들어 몸싸움을 벌이는 학생의 모습이 찍힌 한 장의 사진이 트위터에 오르자 사람들의 반응은 뜨거웠다. 충격이었다. 사회의 모순을 풀어보려고 온몸으로 싸워봤던 사람들, 스스로 이렇게 살아도 되는지 늘 되물으며 살고 있던 사람들, 아직도 그 모든 게 뼈아픈 사람들, 침묵하는 이십대에 절망하던 사람들에게, 침묵을 넘어 앞에 나서서 '기득권'을 가진 이들처럼 굴고 있는 그들의 모습은 상상 밖의 그것이었다.

내 마음도 쿵 내려앉았다. '비운동권'이라는 게 자기 정체성이라니, 그건 도대체 뭔가. 학생회라는 민주적 의사결정체가, 진리와 진실을 추구하고 배우는 학교에서, '운동'을 거부한다? 모든 운동을 거부한다는 말은, 어떠한 불의를 봐도 눈감을 것이며, 어떠한 비민주적 행태에도 잠자코 공부할 것이라는 뜻인가? 그런 학생회라는 게 존재할 수 있는 것인가? 아니 왜 존재해야 하나? 다들 시키는 대로 조용히 공부만 (어떤 공부인지는 모르겠지만) 하면 되지 무엇 하러 학생회는 만드나.

그랬다. 이해가 되지 않았다. 그 총학생회장이 무슨 생각을 하는지 도통 알 수가 없었다. 학교당국은 또 무슨 생각으로 학생들이 저러도록 내버려두는지 알 수가 없었다. 홍대 총장님, 교수님, 지금 총학생회가 하고 있는 일 보고 계신지, 어떤 마음이 드시는지, 우리가 참 잘 가르쳤구나, 장하다, 장해, 그러고 계신지, 트위터에서 물어보기까지 했다. 정말 모르겠다는 것이 내 마음이었다. 그래서 알고 싶었다. 직접 보고 듣고 싶었다.

무엇보다 청소노동자, 어머니 아버지 들의 심정이 어떨까 싶었다. 그 학생들이 공부하고 먹고 놀던 공간을 치우던 분들이다. 오물 묻은 화장실을 닦던 분들이다. 학생들 뒤를 봐주면서 알게 모르게 자식 같아졌을 텐데. 아이들의 퉁명스런 말 한마디에 상처받고, 웃으며 건네는 인사에 힘도 받고 그랬을 텐데. 그 아이들이 그렇게, 어머니들을 외면하고, '적대시'했을 때 심정이 어땠을까. 10년을 쓸고 닦았던 학교에서 그분들은, 어떤 존재였던가. 외로우시겠다 했다. 쓰라리시겠다 했다. 그래서 더 관심을 갖고 보고 있었다.

밥 한번
먹자

농성 7일째, 날은 지독하게 추웠고, 학교는 묵묵부답이었고, 아니, 시설 점거 등을 이유로 고소를 하겠다 했고, 학생들은 그렇게 욕을 먹으면서까지 어머니들에게 등을 돌리고 있었다.

1월 7일 오후 4시쯤, 홍대에 가보자, 마음을 먹었다. 쌀이나 김치를 보내달라고 하셨으니 다른 반찬은 더 없겠다 싶었다. 트친 미디어몽구가 마침 홍대 근처라는 트윗을 올렸다. 가기로 한다. 옷을 챙겨 입고 집 앞 약국에서 핫팩 몇 상자를 사서 택시를 탔다. 홍익대 정문에서 미디어몽구를 만났다. 근처 서교시장에서 밑반찬을 샀다. 몽구는 연신 카메라를 돌렸다. 좀 쑥스러웠지만, 찍든 올리든 크게 상관하지 않기로 했다.

반찬을 가지고 홍대로 들어섰다. 문헌관 건물 1층, 차가운 시멘트바닥에 깔려 있는 이부자리들. 추워서 외투 벗기도 쉽지 않았는데 그곳에서 이미 며칠째 주무시고 계시다니 걱정이 앞섰다. 인사를 나누며 안쪽으로 들어섰다. 많은 어머니들이 알아봐주시고 반가워해주셨다. 다행이다. 마지막 방송을 한 지 2년이나 지나서 못 알아보실 줄 알았는데. 그래도 연예인이라 이럴 때 못 알아봐준다면 좀 무안할 것 같긴 했다. 사진 찍자 해주시고, 사인해달라 해주시는 게 고마웠다. 그러고 있다보니 또 다른 트친 요리연구가 이보은 선생님이 직접 만든 밑반찬을 보냈다는 소식이 들렸다. 육개장까지 끓여서 말이다. 내가 다 뿌듯했다. 트위터에서만 보던 사람들의 마음씀씀이가 자랑스러웠다.

어머니들과는 순식간에 친해진 기분이었다. 먼저 스스럼없이 대해주셨다. 동네에서 만나는 여느 어머니들처럼 "밥 먹고 가라" 하셨다. 때가 돼서 그런지 배도 고팠다. 이보은 선생님이 보내준 맛깔스런 반찬도, 내가 사온 반찬도 맛보고 싶었다. 밥을 차렸다. 국을 푸고 반찬을 담고, 밥을 뜨고…… 그때 그곳으로 그 아이가 왔다. 홍대 총학생회장. 큰 키, 또렷한 이목구비, '와, 잘생겼다' 싶었다. 그 아이가 그곳 어머니들께 드릴 말씀이 있다 했다.

그 친구가 하는 이야기를 전해듣고, 밥을 먹자 청해도 결국 그냥 가는 그 아이를 보고 목이 메었다. 어머니들과 헤어져 미디어몽구와 털레털레 홍대 정문까지 걸어내려오며, 이런 말을 했다. "내가 조금만 더 인기 있는 연예인이었으면 좋겠어." 아주 오랜만에 든 생각이었다. 정말 내가 조금만 더 유명했으면, 오늘 여기 온 게 좀더 알려질 텐데. 사람들이 이분들에게 조금 더 관심을 가져줄 텐데. 홍익대 총장님도 좀더 당황하고, 뭔가 대화를 해보려 시도해볼지도 몰랐을 텐데. 그런 생각이 들었다. 조금 슬퍼지기도 했다. 내가 할 수 있는 일이 무얼까 생각해보았다. 나 스스로 이 일을 알리는 역할을 하자 했다. 집에 도착해 단숨에 글을 쓴 다음 블로그에 올리고 트윗에도 링크를 걸었다.

오늘 처음 본 너.
홍익대학교 총학생회장.
미안, 이름도 못 물어봤네.

잘생겼더구나. 속으로 흥, 미모로 뽑혔나보군 했다.
미안, 물론 아니겠지.
주민분들께 홍대의 지금 상황을 알리러 나가셨다가
그제야 막 들어오신 어머니들이 너를 맞으셨지.

난 한쪽 구석에서 국이 넘치지 않게 보고 있었고,
(사실은 트윗 보고 있었지ㅋㅋ)
너와 어머니들이 나누는 얘기 듣고 있었어.
네 얘기의 요지는,
"어머니들 도와드리고 싶다. 진심이다.
하지만 난 '비운동권'이라고 해서 뽑힌 사람이다.
나를 뽑아준 학생들은,
어머니들을 돕는 건 돕는 거지만
자신들의 학습권이 침해받는 거 싫다 한다.
학교가 '외부사람'들로 채워지고
투쟁적인 분위기가 되는 거 싫다 한다.
그게 사실이다.
그런 입장을 가진 학생들이 날 뽑아서 내가 회장이 된
거다.

돕고 싶다.

그렇지만 먼저 '외부 분들'은 나가주셨으면 좋겠다.

학습 분위기 저해하는 현수막 등을 치워주시라.

그럼 학생들과 뜻을 모아 어머니들을 지지하겠다.

진심이다."

맞나?

옆에서 들은 거라 확실한지는 모르겠다.

국은 다 끓었고 저녁식사를 하려고 반찬들을 담기
시작했지.

어머니들은 너에게 저녁을 먹고 가라고 하셨고.

서로의 입장이야 어떻든

때가 되었으니 밥은 먹자고.

나도 그렇게 말했지.

사람은 밥을 먹어야 더 친해지고 그래야 말도 더 잘
통하는 법이라고.

넌 내 옆에 앉았지.

"자기도 많이 힘들지? 일단 밥은 먹자."

그 한마디에, 잘못 본 걸까? 약간 울컥하는 것 같았어.

얼굴은 자꾸 더 굳어지고 이러지도 못하고 저러지도
못하던

너.

난 아주 짓궂게, 집요하게 같이 밥을 먹자 했지.

어머니들이 밥 먹고 가라는데 안 먹고 가면 더 욕먹을
거라고.

넌 정말 금방이라도 울 것 같았어.

"정말, 그러고 싶은데요…… 정말…… 이 밥을 먹고
나면,

밥도 대접받고 외면한다고 또 뭐라고 할 텐데……"

물만 한 잔 달라고 해서 입만 축이고,

우리가 밥을 거의 다 먹을 동안

그저 앉아 있기만 할 뿐 결국 한 술 뜨질 못하더구나.

어머니들도 나도 안타까웠다.

무엇이 널 그렇게 복잡하게, 힘들게 만들었을까?

누구의 잘못일까?

스펙에, 취업에, 이기적이길 '강요'받고 있는

너와, 너를 지지하는 학생들만의 잘못일까?

너희들을 그렇게 두려움에 떨게 하고,

아무것도 못 보게 하고,

언론의 화살을 다 맞게 만들고,

어머니들이 주시는 밥 한 끼 맘 편히 뜨지 못하게

만드는 건

누굴까?

나부터 반성한다.

나의 두려움과 경쟁심과 무관심과,

너희를 비난하고 책임은 지지 않으려 했던

그날들을 반성한다.

너.

네가 받고 있는 지금의 비난과 책임은

너의 몫이 아니다.

어머니들이 '노조'를 만들어,
이렇게 맘대로 부려먹고 잘라버릴 수 없게 될까봐
어머니들의 시급의 몇 배에 달하는
대체 아르바이트생을 구해 쓰고 있는 학교당국,
어떠한 대화도 나누려 들지 않는 학교당국,
너희들의 총장, 이사장, 재단, 스승
그리고 이 사회가 져야 할 책임이다. 비난이다.

너의 책임도 없다 못 하겠다.
아무리 양보해도,
'학습권'과 '생존권' 중에,
너의 '지지자들과의 약속'과,
타인이지만 한 사람으로서 공정한 대우를 요구하는
그분들의 호소 중에,
너희의 권리와 보편적 정의 중에,
너, 무엇이 더 우선된다고 생각하니?
정말 무엇이 맞다고 생각하니?
그렇더라도 난
네가 지금 짊어진 짐은 부당해 보인다.

네가 받아야 할 몫은 아니다.

'악용'이라는 단어를 썼었지?
너희의 입장이 악용된다고.
그래, 맞다.
넌 지금 악용당하고 있다.
너의 뒤에 지금 누가 숨어 있는지
보이니?

맘이 아팠다.
네가 자리를 뜬 후
목이 메더라.
그리고
많이 미안해졌다.
힘들다. 이제 그만 그 짐 내려놔라.
그리고 꼭
밥 한번 먹자.

날라리
외부세력

사람들의 반응이 놀라웠다. 이미 미디어몽구가 홍대에서 찍은 사진들이 수없이 리트윗되고 있었고 내가 쓴 블로그 글도 많은 호응을 받았다. 각 포털 검색어 순위에도 올랐고 라디오방송 3사에서 연락이 왔다. 〈손석희의 시선집중〉에서 손석희 씨와 인터뷰를 했다. 학교는 교육의 장이다, 기업이 아니다, 돈의 논리와 시장의 논리를 얘기하기 전에 학교에서 행해지는 모든 것이 교육이어야 한다고 말했다. 너무나 당연하고 보편적인 상식, 누구나 할 수 있는 말을 했다. 다시 많은 사람들의 격려가 이어졌다. 후원금을 보내고 싶다, 뭐가 필요하냐, 그냥 찾아가면 되는 것이냐, 사람들이 술렁이기 시작했다.

　모금전문가로 활동하고 있는 분의 모금 제안이 트위터에
서 있었다. 그 순간 머릿속에 '홍보'라는 생각이 퍼뜩 지나
갔다. 지금 사람들은 무언가 '하기'를 원한다. 그러니 작은
일이라도 꾸며보자. 누구나 단돈 천 원이라도 내서 이 일에
상관있는 사람이 되면, 좀더 관심을 갖고 지켜보게 될 것 같
았다. 나만 해도 직접 반찬을 사들고 찾아가 보고 나니 이 일
에 상관할 마음이 생겼단 말이지. 후원계좌는 이미 있었지
만 따로 모금을 해서 그 돈으로 일을 만들어보자. 그분들이
직접 하기는 좀 어렵지만, 우리는 충분히 할 수 있는 일을 생
각해보자. 나 혼자 생각하지 말고 사람들의 의견을 모아보
자. 그렇게 의논하고 결정하는 과정을 통해 재미와 보람을
함께 느끼게 될 것 같았다.

　모금하자, 트윗을 올렸다. 대신 모금해서 뭐 할 건지 만나
서 결정하자고 했다. 그렇게 트위터 생활, 아니 온라인 인생
처음으로 '번개'를 쳐보았다. 새벽 한 시에 번개를 치면서
모이는 시간은 당일 저녁 일곱 시. 온다는 멘션보다 못 가서
아쉽다는 멘션이 훨씬 많았다. 쳇, 할 수 없지 뭐. 아이디어

회의니까 너무 많아도 안 좋아. 이러면서 장소를 예약했다. 열 명에서 열다섯 명 정도 예상하면서.

정각 여덟 시, 약속장소에는 이미 서른 명이 넘는 사람들이 모여 있었다. 음식점 한 층이 전부 번개에 모인 트위터리언들로 북적이고 있었다. 그러고도 사람들은 계속 찾아왔다. 퇴근을 하고, 그 추위를 뚫고, 만원 지하철, 버스를 타고 그곳에 사람들이 모였다.

그렇게 시끌시끌한 분위기 속에서도 간혹 어느 당 소속이라고 자신을 소개하며 국회의원 누구와 함께하면 이 일이 빨리 해결될 것 같다고 하는 사람도 있었다. 집회를 마치고 늦게 합류한 홍대 재학생들에게 훈계를 하는 사람도 있었다. 그 친구들은 홍대 총학생회도 모른 척하는 일에 관심을 가지고 있는 학생들인데, 홍대 학생이라는 이유로 거기서 "요즘 애들" 운운하는 훈계를 들을 이유가 없었다.

최소한의 원칙은 있어야 하겠구나 싶어 한마디 했다. 어느 당 소속이고, 어디서 활동하는 사람인지는 상관도 없고 중요치도 않다. 정치인 중 누구를 지지하든 아니든, 홍대에 대한 관심이 있는 사람이면 된다. 나이가 많다고, 운동 경험이 있다고 해서, 자신의 일터에서 어떤 위치에 있다고 해서 누가 누구를 가르치거나 윽박지르거나 해서는 안 된다. 어떤 다른 목적도 없이 그냥 마음이 내켜서 자발적으로 온 사람들이다. 여기 와서 누군가의 훈계나 설교를 들을 이유, 전혀 없다.

훈계를 하려던 사람들은 좀 머쓱해져서 내게 미안하다고 했지만 그 이후론 자주 볼 수 없었다. 조금 강경하게, 그러니까 "가르치지 말라"고 가르친 건지도 모르겠다. 그렇지만 그게 내겐 무척 중요했다. 이 모임을 계속하려면 모두가 자유롭고, 평등하고, 즐거운 분위기가 먼저 약속되어야 했다. 논쟁이 필요하지도 않았다. 우린 이론을 세우고자 모인 것도 아니다. 각자 자신의 처지와 생각에 맞게 실천하면 되었다.

임시로라도 모임의 이름을 짓자 했을 때 떠올린 생각. "우리 참 날라리다." 그 시각 홍대 정문에서는 어머니들과 그분들을 지지하는 홍대 학생들과 동문들의 시위가 한창이었다. 그런데 우리 중 누구도 그곳으로 가봐야 하지 않을까, 얘기하는 사람이 없었다. 사실 나부터도 그 추운 겨울 바깥에서 집회를 하고 싶지 않았다. 구호를 외치는 것도 노래를 따라 부르는 것도 어색하고 내키지 않았다. 거기 모인 사람들이 대부분 그랬다. 시위라는 걸 해본 적이 없다는 사람도 꽤 되었다. 누군가를 돕고 싶다는 마음, 그간 주위에서 일어나는 많은 일에 그저 바라보고 속상해만 했던 경험들, 트위터에서 보고 리트윗하는 것 외에 딱히 다른 무얼 할 수 없었던 우리들. 그런데 그게 지금 우리 수준이다. 그걸 인정하고 시작하자. 우리는 우리대로 하자고 했다. 우리 수준에 맞게. 우리는 그야말로 외부세력 아닌가. 홍익대학교 당국이, 총학생회가 그토록 나가달라고 말하던 외부세력. 그런데 우린 그분들 일에 상관하기로 한 사람들이니까. "싫다, 우린 계속 상관할 거다 뭐." 이런 자세로 대놓고 외부세력이라 지칭하자 했다. 날라리 외부세력. 이름을 이렇게 짓는 걸로 우리 마음은 한결 가뿐해졌다. 어깨에 들어간 힘이 빠지고 부담감도 사라졌다. 우린 우리 방식으로 마음껏 뭐든 시도해볼 수 있겠구나 싶었다.

사람들과의 얘기 속에서 광고를 하면 좋겠다는 생각이 들었다. 그러다 어머니들과 대화 중에 들었던 말이 떠올랐다. 간혹 기자들이 농성장을 찾아오고, 기사를 쓰고 하지만, 아마 홍대 총장님은 보지도 않을 거라고, 총장님이 보는 신문에는 기사 한 줄 안 나오니까. 그분들 말씀이 홍대 이사장도, 총장도 인터넷이나 진보매체에 기사 나는 정도로는 꿈쩍도 안 할 거라고 했다. 내 생각도 같았다. 광고를 내려면, 이 일을 전혀 모르는 사람들이 알게 되는 게 중요했고 무엇보다 홍대 총장님이 봐야 한다고 생각했다. 그의 가족들과 친구들이 봐야 한다고 말이다.

그렇다면 우리도 조선일보에 광고를 실어보면 어떨까? 일단 첫번째 번개에 나와준 사람들은 동의했다. 그러나 예상대로 트위터 상의 각 운동진영에서는 우려를 표했다. 조선일보에 적대감을 가지고 있는 사람들은 모금을 해서 조선일보에 광고비를 지불한다는 건 있을 수 없는 일이라고 했다. 고민을 하지 않은 것은 아니었다. 그래도 '목적'이 무엇인지를 먼저 생각하기로 했다. 홍대 상황을 최대한 많이 알리는 것, 홍대 관계자들이 직접 보고 꿈쩍하게 만드는 것. 우선 광고단가를 비교해보고 우리가 모을 수 있는 돈, 광고에 쓸 돈도 알아보기로 했다.

"조선일보에 광고를 낼 테니 모금을 해달라"라는 뜻으로 매일 트윗을 올렸다. 조선일보에 광고를 하는 데 동의를 한다면 모금에 참여하면 될 것이고, 반대한다면 불참하면 된다. 어떤 조직도, 정파적 이해관계도 없으므로 그저 내 생각에 동의하는 사람들은 함께해달라고 말했다. 그게 맞느냐 아니냐는 논쟁을 할 마음도, 의도도 없었다. 누군가 이 안에서 다른 일을 해보고 싶으면 제안하면 되고, 동의하는 사람들과 그 일을 도모해가면 될 것이었다. 우리의 목표는 홍익대학교 청소노동자분들의 투쟁에 힘이 되자는 것, 그것뿐이었다.

광고 시안도 그렇게 정했다. 트위터 상에는 정말 많은 능력자들이 있었고 조금씩 그 힘들을 빌려줬다. 4가지 광고 시안을 투표에 붙였고 그중 가장 많은 표를 얻은, "홍대 총장님, 밥 한번 먹읍시다"가 선택되었다. 광고 에이전시를 하는 분이 나서줬고 조선일보 광고국에 제안이 들어갔다. 턱없이 적은 금액이었는데 어쩐 일인지 광고를 실어주겠다고 했다. 그리고 광고가 나간 날, 트위터뿐 아니라 다른 여러 매체에서 기사로 다뤄주면서 그 효과는 몇 배가 되었다. 이 모든 일이 단 일주일 만에 가능했다. 가장 놀란 건 나였다. 무슨 요술방망이도 아니고 "이런이런 걸 해주실 분!" 하고 외치면 누군가 나타나 도와주었다.

그게 뭐든 하고 싶으면 해보자. 잘될 수도 있고, 잘 안 될 수도 있다. 사람들이 호응할 수도 있고, 안 할 수도 있었다. 결정의 과정은 최대한 간소하게. 좋으면 참여하고, 싫으면 안 하는 것으로. 이렇게 날라리들은 날개를 퍼덕대기 시작했다.

:

구호 대신
기타를 들고

그렇게 첫 만남이 끝나고, 날라리 외부세력 온라인회의에서 여러 생각들을 주고받았다. 바자회를 해보자는 의견이 많았다. 그리 튀는 아이디어는 아니지만 쉽고 재밌게 접할 수 있을 것 같았다. 홍대니까, 늘 봐오던 풍경, 벼룩시장처럼 누구나 와서 뭐든 팔고 뭐든 사고 흥겹게 놀 수 있는 마당으로 만들 수 있을 것 같았다. '우당탕탕 바자회'는 그렇게 치러졌다. 준비하는 사람들, 물품, 천막, 간식까지 여기저기서 저절로 생겨났다. 이것도 해보자 저것도 해보자 정말 많은 궁리들을 했었고, 실제로 했다.

날라리들은 아무 때나 만나고 어떤 얘기도 할 수 있었다.

"그게 뭐든 해보자!"하고 누군가 나서면 하게 되었다. 그토록 역동적이고 자발적일 수 있다는 게 신기했다. 철저히 수평적인 관계였고 어떤 특별한 권위도 없었다. 어떤 사안으로 돈을 모금하면 반드시 다 쓴다. 훗날을 위해 남겨두거나 하는 법은 없었다. 통장에 0이 찍힌 사진을 트위터에 바로 올리기도 했다. 그렇게 떡국도 끓이고 쿠키도 가져가고 김장도 했다. 영화 〈아이들〉 개봉날에는, 홍대 청소노동자분들과 함께 영화를 봤다.

그렇게 50일, 홍대는 타결안을 가지고 나왔다. 학교가 직접 나서진 않았다. 해고자 전원 복직, 기본급 인상, 주5일 근무 보장. 용역업체가 내온 타협안은 조합원의 투표를 거쳐 채택되었다. 원청인 학교는 끝까지 나서지 않았으니, 예상대로 홍대는 손해배상 청구소송을 벌였다. 시설에 관해서뿐 아니라, 농성 중인 노동자들 대신 배치했던 직원들의 밥값, 술값까지 포함한 금액이었다. (이 소송은 2012년 4월 법원에 의해 기각되었다.)

그래도 의미 있는 성과였다. 우리는 기뻤다. 무언가 해낸 것 같았다. 물론 '우리가' 해낸 일이 아니다. 그 추운 겨울 시멘트바닥에서 밤을 지새운 어머니 아버지가 해내신 것이다.

불안과, 두려움과 몸의 괴로움을 이겨낸 그분들의 성과에, 우리는 끝까지 응원할 수 있었고, 그래서 그 끝을 볼 수 있었던 것으로 기뻤다. 자랑스러웠다. 날라리 외부세력이 그 싸움의 가장 큰 수혜자일지 모르겠다. 살면서 이런 마음 언제 느껴볼 수 있을까? 나이도, 직업도, 생각도 다른 사람들이 하나의 일에 모여들었다. 다른 생각, 다른 방식 들을 구현해볼 수 있었다. '연대의 기쁨'은 상상 이상으로 큰 것이었다.

우리는 헤어지기 싫었고 뭐든 함께 더 하고 싶었다. 각자 하고 싶은 걸 말해보자 했다. 기타 칠 줄 아는 사람이 두엇 있어서 밴드가 결성됐다. 사진 찍는 거 좋아하는 사람들이 사진팀을 만들었다. 글 써보고 싶은 사람들이 책 출판팀도 만들었다. 될지 안 될지 모르지만 일단 해보기로 했다. 일단 우리끼리 작은 파티를 열기로 했다. 누군가의 작은 스튜디오를 빌려 연습이 된 만큼 밴드 공연을 하기로 했고, 난 날라리들의 마스코트인, 산타할아버지를 쏙 빼닮은 친구와 무려 살사를 추기로 했다. 사진팀의 사진들을 모아 작은 영상물을 만들었다. 가족들과 친구들을 초대하기도 했다. '날라리밴드', 일명 날밴의 모토는 '무엇을 상상하든 그 이하'였다. 잘할 필요 없다. 즐길 수 있으면 된다. 말은 그렇게 했어도 다들 꽤나 열심히 했다.

파티가 시작됐다. 우리가 만나 함께했던 순간들을 영상으로 보고, 밴드의 공연이 펼쳐지고, 함께 춤을 추며 노래를 불렀다. 한바탕 놀고 난 후 조명을 낮추었다. 내가 모르는 순서가 있었다. 저기 부산에서 손으로 써보낸 편지가 와 있었다. 당시 부산 한진중공업 크레인 위에서 농성 중이던 김진숙 지도위원. 그녀를 꼭 빼닮은 녀석이 떨리는 목소리로 읽어주었다.

(…) 봄이 왔다는데 사시사철 겨울을 사는 그런 삶도 있다. 징역 살고 나온 지 20분 만에 또 체포영장이 떨어져 쫓겨야 하는 그런 삶도 있다. 거꾸로 매달린 채 제 몸에서 떨어지는 핏방울을 세며 혼미해지는 의식을 붙잡고 살아남았던 그런 삶도 있다. 대부분의 시간들을 천막농성장에서, 길거리에서 보내다 그것마저 겨워 땅을 등지고 살아야 하는 그런 삶도 있다.

평생 써왔던 글의 대부분이 동지들의 추모사였는데, 마침내 자신의 추모사를 써놓고 죽은 이의 영혼과 함께 지내는, 그러고도 살아남아야 하는, 그런 삶도 있다.
두려운 것들을 두렵다고 입 밖으로 말할 수도 없었던
그런 삶도 세상엔 있다. 머리 위로는 최루탄이 쏟아졌고,
어디에든 늘 천막이 쳐져 있었고, 매일 누군가가 울었고,
하루도 빠짐없이 누군가는 감옥에 있었다.

　이제야 나는 비로소 생각한다.

　나는 어떤 삶을 살고 싶었는가? 어떤 삶을 꿈꾸다 나는
여기까지 왔던가? 너희 때문이었다.

　내가 다시 살고 싶은 청춘의 얼굴로 온 너희들.

　황사 같은 분노가 자욱한 몸으로 너무 오랜 시간을 서
있었다는 걸 깨달은 것도 너희들 때문이었다. 깃발부터
챙기는 현장에 김치를 들고 나타난 너, 칼날 같은 엄숙함에
스스로를 단죄하며 살아왔다는 걸 깨달은 것도 너희들
때문이었다. 구호 대신 기타를 들고 나타난 너, 날라리들.
(…)

눈물이 흘렀다. 나와 날라리들 모두 울고 있었다. 그녀가
이토록 진지하게 말을 건넨 건 처음이었다. 당시 트위터 타
임라인에서 농담, 장난, 짓궂음으로 날라리 중의 '상날라리'

기질을 보여주던 그녀가, 어찌 살아왔는지 아주 슬몃 보여준 편지만으로, 그러면서 우리를 향해 그 어떤 가르침의 뉘앙스도 없이 전해온 마음만으로 가슴이 출렁거렸다.

내가 먼저 말을 꺼냈다. "난 내일 갈래. 보고 싶어서 가야겠어. 누구든 가고 싶은 사람, 갈 수 있는 사람은 각자 알아서 와. 음, 세 시 한진중공업 노조사무실에서 만나!" 다들 어안이 벙벙한 얼굴로 나를 봤지만 이내 웃었다. 나답고 우리다운 결정이었다. 앞으로 한진중공업의, 그녀의 투쟁에 함께하는 거냐, 홍대 일처럼 그렇게 결합하는 거냐, 지속적인 결합이 가능한 거냐, 홍대와는 달리 좀 부담스러운 장소가 아니냐 등등의 질문들을 하고 싶었을 법도 한데 누구도 그러질 않았다. 여태처럼 가고 싶은 사람은 가고, 하고 싶은 일을 하면 된다. 부담스러우면, 부담 없이 빠지면 된다.

난 혼자라도 갈 생각이었다. 아무튼 그녀가 만나고 싶어 견딜 수가 없었다. 내가 아는 누구보다 지난한 삶을, 분노와 슬픔의 길을 걸어온 그녀, 그럼에도 웃기는 그녀. 그녀를 봐야 했다.

:
웃으며,
함께,
끝까지

일요일이었고 조선소 안은 비어 있었다. 먼저 정문에서 '방명록(?)'에 이름을 남기고 노조사무실을 찾았다. 그곳도 사람은 없었다. 조업이 중단된 지 오래되었고 조합원들도 일요일에는 아주 소수만 남아 있는 듯했다. 종이컵에 녹차 한 잔을 대접받고 그간의 일들을 들었다. 김주익, 곽재규 두 열사의 죽음, 그와 맞바꾼 단체협약, 그걸 휴짓조각처럼 내버린 사측, 사측의 손을 들어준 부산지방노동위, 김진숙 씨의 고공농성, 그 막막한 이야기들.

노사 간의 약속이란, 이리도 허무한 것인가 싶었다. 아이들을 키우고 공부시켜야 하는 아버지들, 그들의 일터는 그들한테 목숨인데, '긴박한 경영상의 이유'에 의한 회사의 해고는 너무도 쉽다. 필리핀에서 값싼 노동력을 착취하며 배를 만들 수 있으니, 부산으로 수주를 받지 않으면 그만이다. 한진중공업은 이미 필리핀 내에서도 많은 노동자들, 종교계의 지탄을 받고 있으며 현지 청문회에도 출석 요구를 받은 상태였다.

이윽고 우린 85호 크레인으로 안내를 받았다. 그녀가 있었다. 마치 아파트 베란다에서 내려다보듯 시원하게 웃으며 우리에게 손을 흔들었다. 그녀를 볼 수 있는 가장 가까운 곳, 크레인의 중간까지 올라갔다. 가파르고 좁은 계단. 겨울, 새벽, 그녀 혼자 올랐을 차가운 계단. 문을 부수고 안에서 잠그고 스스로를 가둔 그 문이 보였다.

그녀는 그 높은 철판 위에서 봄 같은 미소를 띠고 있었다. 다 괜찮다 했다. 주식으로 먹는 고구마도 맛있고, 가끔 이렇게 와주는 손님들이 반갑다 했다. 그 위에서 상추도 키우고, 토마토도 키웠다. 염색을 하지 못해 머리는 하얗게 셌지만 그 미소와 힘찬 목소리는 청년 같았다. 별다른 얘기는 없었다. 많이 보고 싶다고 했다. 보니 좋다고 했다. 나도 그랬다. 마음이 환해지고 즐거웠다.

어느덧 크레인 아래에는 꽤 많은 조합원들과 가족들이 모여들었다. 까르르, 아이들 웃는 소리가 들렸고, 나더러 내려와서 사인을 해달라고 했다. 사실 아이들은 날 잘 모른다. 엄마 아빠가 탤런트라고 말해주니까 그저 신기해서 구경하러 온 거였다. 조합원들 모자에 옷에 책에 사인을 했다. 김진숙 씨가 우렁찬 목소리로 "내 것도 받아줘!"라고 해서 하얀 종이에도 사인을 했다. "웃으며, 함께, 끝까지"라고 썼다.

날라리들은 구호 한 번을 외치지 않았다. 예쁜 포즈로 꼬마들과 사진 찍고 고구마를 구워먹고 웃고 떠들고 놀았다. 밥도 얻어먹었다. 파란 작업복의 조합원들. 날라리들은 그들을 '스머프'라고 불렀다. 그 거친 손으로 지어준 밥과 국을 사양도 않고 잘도 먹었다. 고구마도 싸주신대서 고맙습니다 하고 냉큼 받았다. 김진숙 씨가 크레인에서 내려준 사탕도 받았다. 그 모든 순간들은 트위터로 끊임없이 알려졌다. 우리들을 보고 많은 사람들이 함께 웃었다. 물론 근엄하게 야단치는 사람들도 있었다. 남의 파업현장에 가서 뭐 하는 거냐고. 내 날라리 포즈 사진은 꽤나 많이 리트윗되었으며, 놀라워하고 즐거워하는 사람들과 '개념 없다'고 언짢아하는 사람들 모두 한마디씩 하게 만들었다. 그래도 이게 우리 방식이었고 이러는 게 자연스러웠다. 다행히 한진의 스머프들과 가족들과 김진숙 씨는 우리를 보고 계속 웃어주었다. 그거면 충분했다.

나 자신에게, 김진숙 씨에게, 거기 있는 모든 사람에게 하고 싶던 말, "웃으며, 함께, 끝까지." 할 수 있는 일을 할 수 있는 만큼 하겠다. 생색 내지 않고, 찌푸리지 않고, 되도록 웃을 수 있는 일들을 이것저것 해보겠다. 사람들과 함께 할 수 있는 작은 일을 찾고 일상을 나누겠다. 대신 끝까지 보겠다. 도망가지도 않을 거고, 무관심해지지도 않을 거다. 이기든 지든 상관없다. 그저 어떻게 되어가는지 내 눈으로 확인하겠다. 욕심내지 않고 가벼운 마음으로, 그래도 끈질기게 바라보겠다. 웃으며, 함께, 끝까지.

크레인 위의
그녀

영도에 다녀온 후 그곳의 일은 더 이상 '남의 일'이 아니게
되었다. 한진중공업의 해고노동자들이 꼭 복직하기를, 그
아내와 아이들이 다시 소박한 일상으로 돌아갈 수 있기를
간절히 바라게 되었다. 김진숙, 그녀도 직접 만나고 나니 나
의, 우리의 감정은 확실히 달라져 있었다. 애틋하고 아픈 느
낌이 강해졌다. 걱정이 많아졌다. 곧 더워질 텐데, 저 철판
위에서, 물도 쓰지 못하는 곳에서 괜찮을까? 어떤 대화의 기
미도 보이지 않고 있는 회사는 정말 어쩔 작정인가, 조바심
이 났다.

　나는 자주 꿈을 꾸었다. 어느 날은 내가 그녀의 크레인 위

에 함께 있는 꿈이었다. 누구의 방해도 받지 않고 그녀와 두
런두런 얘기를 나누는 꿈. 비가 오고 있었고 우리는 과자 같
은 걸 먹고 있었다. 술도 마시지 않으면서 참 많은 말을 했
다. 아니 별말을 안 했던 것도 같다. 내용은 물론 생각나지
않는다. 어렸을 적의 그녀, 노동운동을 하던 그녀, 가장 슬펐
던 기억, 좋아하는 여러 가지 것들, 지나간 사랑, 노래. 그런
얘기들을 나누었다. 크레인은 나쁜 장소가 아니었다.

  꿈에서 깨고 나니 진짜 그러고 싶어졌다. 만일 내려온다
면 또 누구보다 바쁠 사람, 이 현장에서 저 현장으로 오가야
할 사람. 어쩌면 그녀와 길고 한가로운 얘기를 나눌 시간은
지금, 크레인 위에 있을 때가 아닐까 싶었다. 그래서 그녀와
쪽지를 주고받았다. 공개된 트위터 타임라인에서야 유쾌한
얘기를 주로 했고, 쪽지로는 꿈에서처럼 둘만의 대화가 이
어졌다. 간밤의 꿈, 아침의 기분처럼 소소한 이야기는 기본
이었다. 그녀는 촬영 때문에 몸이 고달픈 나를 많이 걱정해
주었고, 나도 속상했던 일을 털어놓았다.

  그러던 어느 날, 회사 측이 용역들을 시켜 크레인을 침탈
할 것 같다는 소식을 전해왔고, 그녀는 내게 '떠날 사람'의
심정을 내비쳤다. 오히려 내 걱정을 했다. 자신은 자신의 싸

움을 해야 하고 그 끝은 짐작할 수 없는데 나를 어쩌면 좋겠냐고 했다. 다행히 그때의 싸움은 무리 없이 지나갔다. 트위터에서 정말 많은 사람이 그곳을 바라봤기 때문이다. 그런데 내 마음은 미친 듯이 동요되었다. 그랬다. 그녀는 '목숨을 걸고' 싸우고 있었다. 그녀는 생과 사의 경계에 서 있는 사람이었다. 앞서간 두 열사에 대한 부채감 때문에 2년 동안 냉골에서 잤던 사람, 한겨울 그 새벽에 홀로 크레인 위에 올랐던 사람, 그 사람의 파랗게 날선 각오가 내게 전해져왔다.

그녀의 바람, 그녀의 목적보다, 그녀를 살려야 한다는 마음이 절실해졌다. 내려오게 해야 한다고 생각했다. 어떻게 하면 그럴 수 있을까 궁리했다. 잠을 이루지 못하는 날들이 많아졌다. 그러다 또 꿈을 꾸었다. 꿈속에서 나는 김진숙이었다. 크레인 위 깜깜한 계단을 하나하나 걸어 내려왔다. 그리고 문을 열었다. 중간쯤의 계단, 그곳에 나를 맞으러 온 얼굴 까만 동료들, 우리는 얼싸안았다. 이 꿈은 그 이후로도 몇 번을 더 꾸었다. 그녀가 내려오는 꿈.

난 몇몇 사람들을 만났다. 정신과 의사 정혜신 원장님을 만났고 법륜 스님을 만났다. 어떻게 하면 그녀를 설득할 수 있겠냐고. 부디, 빨리 내려오게 해달라, 아무나 붙잡고 조르고 싶은 심정이었다. 정혜신 원장님은 나를 많이 다독여주었다. 염려하는 사람들이 있으니 '마지막 결단'까지는 가지 않을 거라고 했다. 법륜 스님은 언제고 한번 그녀를 보러 가서 얘기 나눠보겠다고 약속했다.

그 무렵 희망버스가 기획되고 있었다. 송경동 시인을 만나 내 뜻을 비추었다. 그녀를 내려오게 해야겠다고. 그렇게 자리를 만들자고. 그도 그러고 싶다고 했다. 그러나 그녀가 과연 뜻을 접고 내려올지는 의문이라 했다. 일단 난 그녀에게 편지를 썼다.

145일. 당신이 처음 감옥생활을 했던 기간.
그만큼을 당신, 85호 크레인 위에서 이미 사셨지요.
다시 5년의 수배기간.
당신의 지난 시간은 내게 '상상 밖'의 무엇을
의미합니다.
사실 가만히 눈 감고 떠올려보는 것조차 큰 용기를
필요로 합니다.
지금, 내가 만나는 당신은, 트위터를 통해 보는 당신은
그저 내가 좋아하는 한 사람이지요.

재미있고 따뜻한, 아름다운 사람이지요.

당신의 글 속에 녹아 있는 그 단단함,

누구도 흉내조차 내기 어려운 그 시간을 견뎌온

단단함을 아우르고 있는 당신이란 사람이 가지고 있는

감수성과 지성의 힘.

전 그걸 좋아하지요.

그래서 당신께 반응했을 겁니다.

홍대 청소노동자분들과는 분명 또 다른

마음이었습니다.

연대의 마음을 넘어서는 어쩜 그저 사람의 '매력'에

이끌린 마음.

그렇게 당신과 만나고 친해지고 하면서 당신은 나의

'친구'가 되었지요.

저, 친구 많지 않습니다.

자랑도 뭣도 아니지만, 혼자서도 잘 놀고,

심심해하는 편도, 외로워하는 편도 아니어서

친구 별로 안 사귀었습니다.

긴 시간 얘기 나누고 싶은 사람은 흔치 않았으니까요.

그래서 제게 당신은 더, 더 특별합니다.

당신은 내가 눈 돌렸던 현실을 더 이상은 외면할 수
없게 만든 사람이기도 하죠.

저뿐 아니라 트위터에서 만난 많은 사람들에게도
그랬습니다.

그곳, 하늘에 떠 있는 섬 같은 그곳에서 홀로 있으며

당신은 땅의 사람들에게 끊임없이 현실을 보게
했습니다. 사람들을 보게 했습니다.

손 맞잡고 연대하라 했습니다.

연대, 투쟁.

강아지들 이름으로도 이리 잘 어울리는 단어.

웃으며 사랑스럽게 뱉을 수 있는 말이 되었습니다.

당신이 우리를 불렀습니다. 지금도 많은 사람에게 말
걸고 일깨우고 계시지요.

판을 키우신 겁니다.

한진의 일은 더 이상 한진만의 일이 아니며

당신의 싸움은 당신만의 싸움이 아니게 되었습니다.

"사랑하는 사람아, 나는 나의 전쟁터로 떠난다"라고
하셨지요.

저도 함께 갑니다. 많은 사람들과 함께 갑니다.

6월 11일. 저는 어쨌든 사람들을 설득해 함께 갈 겁니다.

촬영이 있을 테지요. 마치고, 기차를 타든 버스를 타든 늦게라도 꼭 갈 겁니다.

당신은 그날 우리와 함께해주셔야 합니다.

하늘 위가 아닌 땅 위에서, 우리와 함께 서주셔야 합니다.

내려온 뒤 당신이, 한진의 싸움이 얼마나 더 힘들어질지.

그래요, 훨씬 더 힘들어지겠지요.

그래도 당신은 투쟁의 다음 장을 직접 열어주셔야 합니다.

사람들과 함께, 당신이 말 걸고, 부른 사람들과 함께요.

이번만, 제게 의지해주세요.

당신이 짚고 내려올 어깨가 되게 해주세요.

당신이 아무리 싫다 하여도, 그러지 말라 하여도

정말 그럴 수 없는 수많은 이유를 말하셔도 소용없습니다.

당신이 책임져야 할 사람들이니까요.

당신이 내려오는 모습을 보고 벅찬 감동과 새로운 희망을 얻고 다시 싸울 힘을 얻어야 하니까요.

6월 11일, 전 당신의 손을 맞잡고, 당신을 얼싸안을 겁니다.

사람들 모두 그러겠지요. 모두 함께 엉엉 울고, 함박 웃을 겁니다.

우리 모두의 싸움을 그렇게 다시 시작할 겁니다.

꼭 그럴 겁니다.

희망버스

그녀는 단호했다. 더 이상 내려오라는 말은 하지 말라고 했다. 제발, 그러지 말라고 했다. 자신이 어떤 심정으로 이곳에 올라왔는지, 그것이 얼마나 중요한 일인지 이해해달라고 했다. 난 더 이상 아무 말도 할 수가 없었다. 초조했다. 무슨 일이든 생기지 않기를 바랐다.

6월 11일 1차 '희망버스'가 가는 날, 난 내심 그녀를 졸라보리라, 사람들과 함께 그녀를 내려오게 부추겨보리라, 계속 그 생각을 하고 있었다. 당일 아침, 회사는 영도조선소 전체를 봉쇄했다. 뿐만 아니라 마치 경찰처럼 방패와 몽둥이로 무장한 용역들이 노조원들을 때리고 끌어내는 사진과 영상들이 트위터에 올라왔다. 난 드라마 촬영 중이어서 할 수 있는 건, 사람들에게 관심을 호소하는 것뿐이었다. 날라리들은 한진중공업 소식을 인터넷에서 열심히 퍼날랐다.

조선소 안에서 누군가 다치고 끌려나오고 있었다. 고공에서 농성 중인 그녀가 그 상황을 내려다보며 다시금 각오를 다지고 있었다. 촬영이 끝나야 갈 수 있는 길. 난 몸이 닳는 것 같았다. 트위터를 하고 인터넷을 하는 사람들이 어떻게든 그곳을 바라봐주었으면 했다. 보는 눈이 많으면 마음대로 폭력을 휘두를 순 없을 거라 생각했다. 촬영이 끝나자마자 부산으로 가는 기차를 탔다. 이틀을 거의 못 잔 상태였는데도 잠이 오질 않았다. 그저 그녀와 그곳 사람들이 다치지 않기를 바랄 뿐이었다.

영도에 도착했다. 아직 희망버스는 도착하지 않았고 개별적으로 온 사람들이 정문에 모여 있었다. 가족대책위 분들에게 제일 먼저 인사를 하고 나서, 미리 와 '슈퍼크레인 로봇' 걸개그림을 그려놓은 날라리 선발대와 주먹밥을 나눠먹었다.

조선소로 들어가는 정문에는 앳된 얼굴의 용역들이 몇 겹으로 지키고 서 있었고, 철문을 용접기로 막고 있었다. 들어가기란 여의치 않아 보였다. 정동영, 이정희 국회의원이 회사 안 사무실에서 협상 중이라는 말만 들었다. 어떻게든 들어가고 싶었다. 그녀 가까운 곳으로 가 서로 마주 보고 웃어야, 나도 그녀도 마음이 누그러질 것 같았다.

그렇게 안절부절못하고 있을 때 희망버스들이 도착했다. 우리 쪽 인원은 1천 명이 좀 넘었다. 다시 줄을 맞추고 집회가 열리고 그러다 어느 순간 담장 너머로 사다리가 드리워졌다. 누가 먼저랄 것 없이 그 사다리를 넘어 사람들이 담장 안으로 들어가기 시작했다. 난 또 그렇게 들어가진 못하고, 대신 몰려든 사람들 틈에 끼어 정문 수위실을 통해 안으로 들어가게 되었다. 끝내 들어오지 못한 사람들도 있었다. 날라리들도 그랬다. 들어오지 못한 사람들은 밖에서 계속 집회를 이어갔고 들어온 사람들은 안에서 놀았다.

크레인 위로 올라갔다. 그 중간 계단에서 그녀를 만났다. 서로 보고 웃었다. 현장에서도 들리는 그 목소리에 하루 종일 불안하던 마음이 좀 가라앉았다. 문자도 주고받고 전화 통화도 했다. 그걸 다 얼굴 보면서 했다. 새벽이 밝아올 때까지 크레인 위에 머물렀다. 그녀가 보이는 곳, 그녀가 나를 볼 수 있는 곳에 앉아서 졸았다. 아래에선 사람들의 노래와 발언이 이어졌다. 그렇게 날이 밝았고 난 생활관으로 가서 눈을 붙이기로 했다. 덮을 것도 없는 맨바닥에 은색 단열재를 조금 뜯어 깔고 잠을 청했다. 신기하게도 금세 깊은 잠에 빠져들었다.

잠이 깬 건 누군가의 울음소리 때문이었다. 밖에서 들려오는, 가슴을 뜯는 듯한 통곡소리. "난 해고되면 안 된다 말이다!" 아픈 아이를 가진 늙은 아비, 늙은 노동자의 길고 깊은 슬픔. 평생 배만 만들어온 그 거친 사내가 엉엉 울고 있었다. 내 눈에서도 눈물이 흘렀고, 그녀를, 목숨을 버릴 수도 있다고 결심한 그녀를 인정하고 이해할 수밖에 없겠다 싶어졌다. 내려오라 조르지 못하겠구나. 그저 응원하고 함께할 수밖에 없겠구나. 그녀와 웃고 놀고 그럴 수밖에 없겠구나. 아무리 마음이 찢어지고 아파도, 그녀의 결심을 지지할 수밖에 없겠구나…… 그렇게 조금씩 조금씩 울고 있었다.

건물 밖으로 나와 보니 비가 추적추적 내리고 있었고 사람들은 아침밥을 먹고 있었다. 국밥이 준비되었고 라면도 있었다. 날라리들과 인스턴트 짜장을 나눠먹었다. 비를 피할 수 있는 곳에서 졸며 놀다가, 그러다 촬영 일정도 있고 해서 먼저 자리에서 일어났다. 그녀에게 작별인사를 했다. 몇 번이고 돌아보고 돌아보고 손을 흔들며, 정문이 아닌 서쪽 문으로 나가다 포위(?)하고 있던 경찰들에게 붙잡혔다. 조선소 안으로 들어간 사람들 모두 연행하라는 방침이 떨어진 모양이었다. 나보다 조금 먼저 국회의원들과 원로 몇 분들이 나가고 나서, 전원 연행방침이 떨어지자마자 공교롭게 처음 나온 사람이 나였다.

몇몇 경찰이 날 알아보고는 어째야 좋을지 망설이는 눈치였다. 그러다 결국 호송차량에 올라타게 되었다. 트위터로 그 사실을 알리자 많은 사람들이 놀라워했다. 해운대 경찰서로 가는 도중 나의 연행 소식은 이미 포털 검색어 1위를 차지했다. 그러자 돌연 호송버스의 방향이 바뀌었다. 다시 처음 위치, 영도조선소 서문으로 향했고, 나와 몇몇은 "앞으로는 불법시위에 참가하지 말라"는 훈계를 듣고 훈방조치되었다.

이렇게 짤막한 해프닝으로 끝났지만, 그 일로 내 전화는 기자들의 전화인터뷰 요청 때문에 불통이 됐다. 바로 전날, 용역들에게 포위된 채 구타당하고 끌려나오는 한진 노동자들의 이야기를 써주길 바랄 땐 묵묵부답이던 기자들이 앞다 뒤 나의 연행과 희망버스의 이야기를 썼다. 호의적이든 그렇지 않든 한진의 이야기는 조금씩 더 알려지게 되었다. 결과적으로는 고마운 일이 된 셈이었다.

일촉즉발,
영도

한진의 상황은 급변했다. 회사 측은 행정집행을 예고했고 나를 비롯한 희망버스 탑승자 대부분이 입건되었다. 많은 사람들이 한진중공업의 실상을 보게 된 대신 회사 측의 대응도 거세졌다.

6월 29일 강제 행정집행이 예정되었다. 마음이 급해졌다. 전날 내내, 나와 날라리 외부세력은 한진의 상황을 외신에 알리는 데 집중했다. 한 사람이 고공에서 200일 가까이 농성 중이라는 사실, 강제로 끌어낼 시도를 한다면 위험한 사태가 생길 수 있다는 현실. 다른 트위터리언들도 대거 동참해주었고 한진의 소식은 각국의 말로 전파되었다. 가장 먼저 반응을 보여온 건 알자지라 방송이었고 CNN의 웹진에도, 르몽드 등에도 기사가 실렸다.

그러나 회사는 행정집행을 강행했다. 아침 일찍 기차를 타고 그곳으로 갔다. 김진숙 씨는 내게, 간절히, 제발 오지 말라 했다. 그래서 더 안 갈 수가 없었다. 오전 아홉 시쯤 그곳에 도착했다. 정문 쪽에 기자들이 몰려 있었다. 그때 트위터에 연합뉴스 발, '한진 노사 극적 합의'라는 단신이 떠돌았다. 그러나 현장은 달랐다. 전경들은 소화기를 들고 움직이고 있었고 용역들과 다름없는 차림의 행정집행관들이 깔려 있었다. 노조원들은 크레인을 중심으로 모여들었고 사슬로 자신의 몸을 묶었다.

채길용 지회장은 노조원과의 어떠한 합의도 없이 단독으로, 아무 내용도 없는 합의서에 사인을 하고 메일로 각 신문사에 알렸다. 나는 트위터로 그곳의 상황을 전했다.

"기자님들, 노사합의 소식 듣고 궁금하지 않으시던가요? 정리해고는 철회되었는지, 합의내용은 무엇인지, 고공농성 중이던 사람은 어떻게 되었는지."

충격을 받았다. 어떻게 기자란 사람들이 이럴 수가 있단 말인가? 연합뉴스의 속보를 리트윗하던 김주하 기자의 트윗에 "거짓입니다"라고 답하며 당시 현장의 상황을 전했다. 내 핸드폰에는 여기저기서 축하한다는 문자들이 오고 있었다. 세상은 한진의 상황이 끝났다고 여기고 있었다. 가슴이 터질 것 같았다. 정말이지, 언론이 김진숙 씨와 해고노동자들을 벼랑 끝으로 몰고 간다는 생각이 들었다.

열심히 현장사진을 찍었고 트윗을 올렸다. 행정집행관들에 의해 한 명 한 명 사지가 들린 채 끌려나왔다. 소방차가 들어가고 행정집행관들이 크레인을 둘러싸고, 내가 김진숙 씨를 바라볼 수 있었던 그 자리, 크레인 중간층에는 다섯 명의 사수대가 남았다. 그렇게 그날의 행정집행은 끝이 났다.

아찔했던 순간들이 몇 번이나 있었다. 다른 크레인을 85호 크레인 옆으로 바짝 붙였을 때, 85호 크레인 아래에 매트리스와 그물을 칠 때. 김진숙 씨가 밖으로 몸을 반 이상 내밀며 소리치고서야 그 상황들이 중단되었다. 가슴이 덜컹 내려앉았다가 다시 제자리를 찾곤 했다. 해가 지고 행정집행을 하던 이들이 빠져나갔다. 조선소는 회사가 고용한 용역들로 둘러싸였고 85호 크레인은 고립되었다. 나와 많은 사람들이 담장 밖에서 그녀를 바라볼 수밖에 없었다.

이후 며칠간은 정말 피가 말랐다. 회사는 크레인의 전기를 끊어버렸고 그녀에게 올라가는 밥과 물도 일일이 금속탐지기로 검사를 한 후 올려보냈다. 그마저도 제때 올려보내지 않았다. 그녀가 트윗을 하지 못하게 하기 위해서였다. 밤이면 그녀는 수동발전기로 랜턴 하나를 켤 수 있을 뿐이었다. 그녀의 트윗이 끊기고 나는 거의 매일 울며 지냈다. 국가인권위원회에 호소를 했고 닥치는 대로 인터뷰를 했다. 그녀에게 물과 밥과 전기를 넣어달라고 촉구했다. 나는 그녀의 고립이 무서웠다. 김주익 열사가 142일 만에 목숨을 끊은 그 고공의 섬에서 그녀가 웃으며 버틸 수 있었던 건 트위터라는 창을 통해 사람들과 얘기 나눌 수 있었기 때문이다. 그랬던 그녀가 완전히 고립되었다.

그녀의 크레인이 보이는 담벼락 밖에서는 매일 사람들이 모여 그녀의 이름을 불렀고 노숙을 했다. 신부님이 미사를 드리고 불자들이 백팔배를 했다. 나는 촬영이 없는 날 그곳으로 갔다. 2차 희망버스가 기획되고 있었다. 이번엔 훨씬 더 대규모로 준비되고 있었다. 민주노총을 비롯 다른 사업장의 노조들도 결합했고 각 시민단체와 학생, 무엇보다 시민들의 참여가 폭발적으로 늘어나고 있었다.

영도에는 긴장감이 흘렀다. 늘 그랬듯이 '외부세력'이라는 말이 나왔고 아예 영도에 진입하지 못하게 하겠다는 경찰의 발표가 있었다. 하필 그날이 찍고 있는 드라마의 마지막 촬영 날이었다. 전체 연기자가 한꺼번에 나와야 하는 장면들. 날짜를 바꿀 수도 빠질 수도 없는 상황이었다. 촬영장에서 트위터를 통해 그곳을 바라볼 수밖에 없었다. 그날 밤의 심정을 무엇이라 표현해야 할까.

1만여 명이 모인 부산역 광장, 경찰들의 차벽, 물대포. 아이의 손을 잡고 온 가족들에게, 맨손의 시위대에게 가해지는 공격들을 중계로 바라보며 밤을 지새웠다. 안타까워하기는 김진숙 씨도 마찬가지였다. 사람들은 그녀가 볼 수 없는 곳에서 막힌 채 물대포를 맞고 최루액을 뒤집어쓰며 괴로워하고 있었다. 그녀는 깜깜한 곳에서 혼자 그 상황을 상상만 하면서 견디고 있었다.

그렇게 날이 밝았다. 낮이 되도록 사람들은 물러나지 않았다. 그 자리에서 노래하고 놀며 밤을 새우고 그렇게 정리하고 끝이 났다. 다시 오마, 다짐하고 헤어졌다. 그들만이 아니었다. 밤새 트위터를 보며 안타까워하던 사람들도 다음에는 꼭 같이 가마, 다짐했던 밤이었다.

8년 만의
소식

그 일이 있은 후 난 며칠을 앓았다. 구토가 나고 어지럽고 기운이 없었다. 처음에 몸살인 것 같았고 곧이어 갑상선항진증과 역류성 식도염의 증상이 나타났다. 그렇게 빌빌거리다 어느 날은 정말 말도 안 되게 괴로웠다. 물만 마셔도 토했고 가만히 누워 있어도 어지러워 견딜 수가 없었다. 남편도 놀라 친구를 통해 종합병원의 입원실을 알아보던 중이었다. 그러다 갑자기 드는 생각이 있어서 테스트를 했다. 임신이었다.

결혼 8년 만의 임신. 만감이 교차한다는 말을 이럴 때 쓸 수 있을까. 아이를 원하던 때가 있었다. 병원도 다녔고 양약도 한약도 먹었다. 남편도 때때로 몹시 원하곤 했다. 난 2년 전부터는 포기하고 있었다. 세상 아이가 다 내 아이라는 심정으로 살기로 했다. 엄마 마음으로 살자 했다. 돌보고 보살피는 마음만 있으면 꼭 '내 아이'가 아니어도 된다 싶었다. 그렇게 '사랑하는 사람'이 되자 했다. 홀가분해진 만큼 많은 일을 하며 살고 있었다. 더군다나 임신 사실을 알았을 때는 온통 마음이 저기 저곳, 그 높은 곳에 매달린 한 사람에게 쏠려 있던 순간이었다. 드라마 촬영 때문에 함께하지 못한 2차 희망버스 내내 그렇게 마음이 괴로웠는데 이젠 더 이상은 갈 수 없는 몸이 된 것이다. 배 속 아기에게는 정말 미안하지만, 가장 먼저 든 생각이 그거였다.

게다가 워낙 늦은 초산인 데다가 갑상선항진증상, 역류성 식도염이 같이 온 터라 병원에서도 잔뜩 겁을 주고 있었다. 절대 안정. 사실 겁을 주지 않는다 해도 어찌할 도리가 없었다. 태어나서 그토록 약한 존재가 되어보는 것도 처음인 듯 싶었다. 구토와 어지러움은 날 꼼짝도 할 수 없게 했다. 가만히 누워 있는 수밖에 없었다. 남편더러 양가 부모님께 알리는 것을 조금만 미루자 했다. 조금만 더 안정이 된 후에, 초기 유산의 위험이 사라진 후에 말씀드리자 했다. 그렇게 주위 사람들에게도 알리지 않고 한 달을 지냈다. 단 한 사람, 김진숙 씨에게만 알렸다. 난 이제 당신을 만나러 갈 수 없다고.

그녀로부터 어떤 답도 오지 않았다. 아픈 내가 안타까워 아침저녁으로 간신히 켤 수 있는 휴대폰으로, 트위터로 소식을 전해오던 그녀가 임신 소식에는 아무 말이 없었다. 그런데 난 그게 무슨 뜻인지 알 것 같았다. 내가 자기 때문에 더 이상 마음 쓰는 것을 원하지 않는 듯했다. 내가 많이 울고 안타까워하고 달려가고 싶어하는 것을 알고 있는 그녀가 '스톱'을 선언한 것이다. 어떻게 말해봐야 내 맘이 편해지지 않을 테니 그녀가 끊고 돌아선 것이다. 한동안 그녀의 트윗도 뜸했다. 3차 희망버스가 준비되고 있었고 나는 내내 누워 3차 희망버스 관련 트윗을 리트윗했을 뿐이다.

희망버스는 탈 수 없고, 김진숙 씨는 감옥이나 마찬가지의 상황에 놓여 있고, 난 누워 있을 수밖에 없었다. 자꾸 슬퍼지고 화가 났다. 엄마가 슬퍼하면 아기에게 고스란히 전달된다는데 난 내 슬픔을 어찌 처리해야 할지 알 수 없었다. 한동안 트위터를 하지 않았다. 간간이 짧은 인터뷰들은 했다. 한진중공업에 관련된 거라면 더 하려 했다. MBC에서는

'소셜테이너' 출연금지법으로 고정출연이 중단되어 할 수 있는 일은 남아 있지 않았다.

시간이 지나고 몸이 조금 편해졌을 때 그녀, 김진숙 씨로부터 다시 쪽지가 왔다. 석 달 만이었다. 괜찮냐고 물어왔다. 많이 걱정했다고, 마음 쓰지 않고 편안하길 바랐다고 말을 걸어왔다. 다시 눈물이 핑 돌았다. 티내지 않고 답장을 건넸다. 이전 같지는 않았지만 그녀와의 대화는 차분히 다시 이어졌다. 그녀는 더욱 담담해져 있었고 조금 쇠약해진 것도 같았다. 조금 덜 웃게 됐고 건조한 느낌이었다. 4차 희망버스와 부산국제영화제 이후 전기는 쓸 수 있게 되었다고 했다. 그래도 그녀는 이전처럼 트위터 타임라인에 오래 머물지는 않았다. 그렇게 사측이 고용한 용역으로 둘러싸인 채 홀로 견디고 있었다.

꿈이
이루어지다

날라리들이 여기저기 날아다니고 있었다. 자기들끼리 자주 만나면서 많을 일들을 척척 해냈다. 희망버스마다 올라 분위기를 띄우더니, 레고로 스톱애니메이션을 만들기 시작했다. 부산국제영화제 기간 내내 날라리들은 부산에 머물렀다. 레고로 만든 영상과 희망버스 이야기를 영화제가 열리는 광장 한복판에 TV를 갖다놓고 틀었으며 배지도 팔았다. 외신기자들에게 보도자료를 나눠주기도 했다. 드레스 입은 여배우가 85호 크레인을 바라보는 멋들어진 포스터도 만들었다. 그러다 틈나면 해군기지 건설문제로 오랜 싸움을 하고 있는 제주도 강정마을을 다녀오고 그곳에 날라리다운 현수막을 잔뜩 그려놓고 오기도 했다.

부산은 일주일이 멀다 하고 교대로 다녀왔다. 푸른색 작업복의 한진 스머프들과 날라리들 사이에는 뭐라 말할 수 없는 끈끈함이 생겨났고 우리의 연대방식은 다른 사람의 공감과 참여를 이끌어냈다. 놀라웠다. 처음 홍대에서 만났던 그들, 투쟁가도 구호도 알지 못해 뽕짝을 부르고 심지어 발라드를 불러 분위기를 흐려놓던 그들, 웃고 떠들고 가벼워서 튀기도 하지만 한편 늘 살짝 못마땅한 시선을 받곤 했던 그들이 누구도 시키지 않고, 강고한 조직도 없는데도 끊임없이 '연대'를 하고 있었다. 울기도 잘 울고 웃기도 잘 웃는 그들은 여전히 뽕짝과 발라드를 부르며 춤을 추고 놀았다. 난 그들과 함께할 수 없었다. 아주 가끔 들어가는 트위터에서 그들에게 감탄의 마음을 전할 뿐이었다. 배 속의 아기와 함께, 미치겠는 입덧과 함께 그저 지켜만 보았다.

김진숙 씨가 크레인이 올라간 지 300일이 되던 날 서울의 한진중공업 본사 앞에서 집회가 열렸다. '희망부스'라 이름하여 라디오 스튜디오처럼 생긴 부스를 만들고 사회자와 초대손님이 인터뷰 형식으로 계속 대화를 나누었다. 나도 초대되어 부른 배를 하고 그곳으로 갔다. 김진숙 씨와의 전화

통화가 마련되어 있었다.

"잘 지내세요? 잘…… 있어요, 전." 바로 눈물이 흘렀다. 자동이었다. 그녀의 목소리가 들리면 바로 눈물이 났다. 먹는 거 추운 거 걱정하는 내게 그녀는 웃으며 "너나 잘하세요"라고 했다. 연극연습 시작할 거라고, 자리 마련해둘 테니 꼭 보러 오라고 다짐받으면서도 눈물은 계속 흘렀다. 웃으며 울었다. 애 낳으면 미역국 끓여달라고 했다. 듣도 보도 못한 신기한 미역국을 끓여주마고 했다. 그렇게 짧은 통화가 끝났다.

305일째, 기적처럼 그녀가 내려왔다. 회사는 1년 안에 해고자들을 복직시키겠다고 약속했고, 한진중공업 노조원들은 그 믿기 힘든 약속을 믿기로 했다. 그래서 그녀가 내려온 것이다. 기차를 타고 내려가면서 느꼈던 그 떨림. 아무리 심호흡을 해도 멈추지 않았던 온몸의 떨림. 택시를 타고 영도 조선소 정문 앞에 다다랐을 때, 수많은 취재진을 뚫고 사람들 틈으로, 그 앞으로 나아갔을 때, 내 눈앞에 그녀가 서 있었다. 목에는 무거워 보이는 화환을 걸고 모자를 쓰고 작업복을 입은 모습으로 그동안 애써준 많은 정치인들과 함께 카메라 플래시 세례를 받으며 서.있.었.다.

그녀가 나를 보고 내게 손을 내밀었다. 그녀를 안았다. 그 순간을 뭐라고 표현해야 할까. 살면서 그렇게 벅차게 기뻤던 적이 있었을까. 세상 모두에게 고맙다고 절하고 싶은 날이었다. 그후 몇 시간, 수많은 경찰과, 그녀를 보고자 하는 사람들 틈에서, 또 그녀의 병실에서 말없이 그녀 곁에 있을 수 있었다. 별달리 할 말이 생각나지도 않았다. 보고 있었고 웃고 있었다. 몸집이 생각보다 훨씬 작은 그녀가 놀랍고 신기했다. 멀리서 보던 미소가 눈앞에 있고, 손을 잡을 수 있고, 소리치지 않아도 목소리를 들을 수 있었다. 그걸로 충분히 행복했다.

이렇게 또 하나의 꿈이 이루어졌다.

끝난 것은
없다

2011년 한 해 동안 많은 일이 일어났고 그 한복판에서 사람들을 만났다. 홍대에서 시작해 한진중공업, 직접 가보진 않았지만 간접적으로 만나게 된 쌍용차 노동자들. 홍대 사태는 타결되었고 김진숙 씨는 한진중공업의 크레인에서 내려왔다. 쌍용차는 아직도 막막한 싸움을 계속하고 있다.

사실, 끝난 것은 아무것도 없다. 홍대 측은 50일의 시간 동안, 아니 타협의 그 순간까지도 청소노동자들과 대화하지 않았다. 오히려 노동자들을 상대로 손해배상 청구소송을 진행 중이다. 법적으로 정해진 최저임금에 못 미치는 임금, 열악한 노동환경, 비인간적인 대우 등에 맞서는 방법으로 택한 그들의 싸움이 학교 측에 손해를 입혔다는 이유다. 그 모든 손해의 책임을 노동자들에게만 지우는 꼴이다.

한진중공업 역시 그들의 복직 약속이 지켜질지는 모른다. 오히려 복수노조가 허용된 마당이라 새로운 노조가 만들어지고 그 노조에 가입해야만 일자리를 준다고 얘기하고 있다. 김진숙 씨는 재판 중이다. 검찰은 "시설의 불법점거로 인해 업무를 마비시켰고 회사의 명예를 실추시켰다"면서 징역 1년 6개월을 구형했다. 김진숙 씨는 이렇게 말한다. 회사는 번번이 단체협약을 어겨왔다고, 두 사람의 목숨을 앗아가고 나서야 만들어진 그 약속을 헌신짝처럼 버려왔다고, 법은 그렇게 약속을 어기는 회사에 어떤 강제도 하지 않았기에, 자신은 크레인 위에 오를 수밖에 없었다고. 한진의 경우 수주를 받아온 물량이 아예 없었다. 있었다 하더라도 고작 크레인 한 대 가동 못 한다고 못 만들었을 리가 없지 않은가? 회사의 명예를 실추시킨 건 309일 동안 단 한 번도 성의있는 대화를 시도하지 않고 용역을 불러 사람들을 때리고 끌어내고 회사를 둘러싸던 그들이었다.

쌍용차는 말할 것도 없다. 정리해고자, 희망퇴직자 중 무려 스물두 명이 목숨을 잃었다. 스무번째 목숨을 잃은 분의 사연은 이렇다. 퇴직 후 그분과 같은 기술을 가진 사람을 찾을 수 없었던 회사는 그를 재고용을 했다. 그러고는 그 일의 인수인계가 끝나자 다시 해고를 했다. 결국 그는 스스로 목숨을 끊고 말았다.

전국 각지에서 회사와 싸우고 있는 많은 해고노동자들이 '희망뚜벅이'라는 행사를 치렀다. 각자의 사업장에서 출발해서 쌍용차까지 뚜벅뚜벅 걸어가자는 취지다. 노동자뿐 아니라 희망버스를 탔던 많은 시민들도 함께했다. 그런데 이 행사의 취지를 알리는 사전모임을 가진 뒤 다음 행선지로 향할 때 경찰이 막아섰다. 차도도 아니고 인도로 걸어가는 그들을 에워싸고 다섯 시간을 꼼짝달싹 못하게 만들었다. 이유는 그들이 입은, 글씨가 쓰인 빨간 조끼 때문이었다. 단체로 그 조끼를 입은 채로는 인도에서조차 걸을 수 없다는 얘기다.

이게 도대체 무슨 법인지는 모르겠다. 법이란 게 어떻게 생겨먹은 건지 법 공부 안 한 나로서는 이해가 잘 안 된다. 억울하다 호소하는 사람들의 움직임에 '합법'이라고 인정하는 말을 들어본 적이 없는 것 같다. 허가제가 아니라 신고제인 집회는 어째서 늘 '불법집회'이며, 목숨을 걸고 받아낸 약속을 어긴 회사가 아니라, 약속을 지키라며 그 높은 곳에서 농성을 벌인 사람만 왜 처벌을 받아야 하는 건지 정말 모르겠다.

방법이 있다면 알려달라. 노동자들이, 이미 고용형태의 3분의 2가량을 차지하고 있는 비정규직 노동자들이, 자신의 권리를 위해 싸울 수 있는 '합법'적인 방법으로 무엇이 있는지. 어떻게 하면 불법시위자가 아닐 수 있는지. 자신과 가족의 밥줄의 지키고, 일한 만큼 정당한 대가를 받기가 이렇게 힘들고 심지어 범죄가 되어버리는 지금의 노동환경을 보면서 제발 누구든 대답해달라. 그들이 법을 지키며 살아낼 수 있는 방법을.

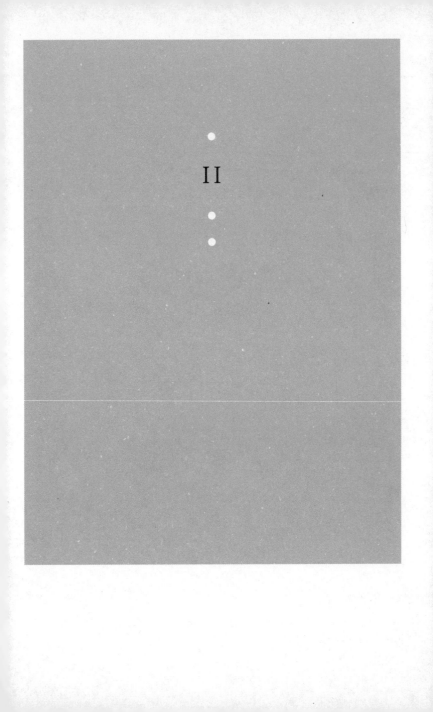

II

인도 둥게스와리
이야기

냄새를 기억한다. 꼴까따 공항에 내리자마자 콧속으로 훅
치고 들어오던 매캐한 냄새. 이승의 모든 냄새, 어쩌면 지옥
의 것도 일부 섞여들어간 듯한 강렬한 냄새. 한 달 후 내 몸
에 푹 젖어들어 우리 집 개가 날 못 알아보게 했던 그 냄새.

  지금도 또렷이 떠올릴 수 있는 그 강렬함. 검은 거리, 검
은 개. 쉴 새 없이 빵빵거리며 거리를 질주하던 택시와 인력
거. 공항에서 삼삼오오 짝을 지어 숙소로 찾아가는 그 길에
서 엄습했던 두려움. 작은 법당과 숙소가 같이 있는 유스호
스텔, 방도 아닌 강당 같은 곳에서 80여 명의 대학생들과 함
께 잠을 청하던 밤. 침낭 안은 생각보다 아늑했고, 긴 비행과

긴장에 피로했던 몸은 곧 잠에 곯아떨어졌다.

아침, 어디선가 들리는 염불 소리에 눈을 떠 다 같이 명상으로 시작했던 아침. 간밤의 피로와 불안감은 사라지고 마음속에 평화가 차올랐다. 단 하루 주어진 꼴까따 관광. 이국의 풍경은 어지럽고 들뜨고 겁도 났다. 몇 번이나 길을 잃고 헤맸다. 어딜 가나 따라붙는 구걸하는 사람들 때문에 마음은 점점 불편해졌고 관광이란 걸 길게 하고 싶지도 않았다.

시간표와는 상관없이 도착하는 인도의 기차, 3등칸. 짐과 사람으로 빼곡한 그곳, 허리를 펴고 앉기도 힘든 구조. 그저 침낭을 깔고 누우면 딱 맞는 공간. 그곳에서도 난 참 잘 잤다. 침낭 체질인가 싶었다. 내 집의 아늑한 침대 위에서도 늘 뒤척이다 잠이 들었건만 인도의 불결하고 복잡한 공간에서, 낯선 아이들 틈에서 자는 잠은 달았다.

새벽, 드디어 도착한 둥게스와리. 밖은 깜깜하고 공기는 습했다. 개인물품과 공용 짐, 구호물자 등을 하나도 빠짐없이 세고 옮겼다. 트럭에 짐을 싣고, 우리도 트럭에 실려 목적지로 향했다. '수자타 아카데미'.

부처님이 이곳 둥게스와리의 전정각산에서 6년간의 고행을 마치고 산에서 내려왔을 때, 쇠약해질 대로 쇠약해져 강가에 쓰러져 있는 것을 수자타 여인이 발견하고 유미죽을 먹여 살려내었다. 그 후 며칠을 더 극진히 보살펴 건강을 회복시켰다. 마침내 부처님이 깨달음을 얻으신 곳은 보드가야인데, 그곳은 세계 곳곳에서 성지순례를 오는 가장 유명한 불교성지이며 관광지이기도 하다. 거기서 얼마 떨어지지 않은 이곳 둥게스와리는 사뭇 다르다. '불가촉천민'이 모여 살고 있는, 세계에서 가장 가난한 마을 중 하나이다. 부처님이 부러 이곳에서 그 오랜 고행을 하셨던 이유가 있을 거다.

법륜 스님이 20년 전 이곳을 방문하고는, 중요한 불교 성지인데도 그저 폐허로 남아, 사람들도 그토록 가난하게 사는 것에 충격을 받았다고 한다. 그러다 수자타 여인의 은혜도 갚을 겸 이곳에 필요한 것이 무엇인지를 살펴보다가 아이들을 마주치게 된다. 아주 작은 아이들이 더 작은 아이들을 옆구리에 끼고 구걸을 한다. 가장 먼저 배우는 말이 "디지에(주세요)"인 아이들. 하루 한 끼를 제대로 먹기 힘든 아이들. 학교라는 게 아예 없어서 2천 년의 세월 동안 쭉 문맹인 사람들. 항생제가 없어 아주 작은 상처에도 장애가 생겨버리는 몸들. 그 몸으로 다시 구걸만 하는 삶.

그곳에 학교를 만들었다. 그냥 만들어준 게 아니라 그곳 사람들과 함께 만들었다. 한 명 한 명 설득하고 아무리 가난해도 당신들의 아이들이 다닐 학교니 벽돌 한 장이라도 내놓으라, 와서 일하라고 설득시키며 만든 학교다. 아이들은 초등학교 과정을 마치면 유치부 아이들을 돌보는 선생님 역할을 했다. 그래도 학교에 오면 급식으로 밥 한 끼는 해결이 되니 마을 아이들은 학교에 왔다. 수업이 끝나면 또 나가 구걸을 할지언정 그래도 처음 제 이름을 써보고, 덧셈 뺄셈을 배우게 되었다. 학교 양호실은 동네 보건소처럼 쓰였다. 콜레라 예방접종을 실시하고, 간단한 상처는 치료받을 수 있게 되었다. 학교는 사람들의 삶을 변화시키고 있었다. 마을 공동체라는 개념이 생겨났다. 우물 주위를 정비하고 위생교육이 실시되고 학교도 조금씩 제 모습을 찾아갔다.

마을을 지나 학교에 들어서면 말할 수 없이 평화로운 분위기가 감돈다. 법륜 스님과 여러 수행자들, 봉사자들, 마을 사람들의 선의가 넘쳐흐르는 공간이다. 학교 한편에는 이곳에서 잠든 한 사람의 무덤이 있다. 한국에서 건축설계를 했던 분이다. 처음 이 학교가 지어질 무렵, 학교는 시시때때로 공격을 받았다. 학교 내의 여러 기물들, 컴퓨터 등을 훔쳐가려고 무장한 강도들이 들이닥치곤 했다. 워낙에 버림받은 땅이라 치안이 엉망임은 말할 것도 없었다. 결국은 사망자가 나오고 말았다. 둥게스와리 사람들은 그것으로 끝나리라고 생각했다. 한국 사람들이 곧 떠날 거라고 생각했다. 그러나 학교는 계속 수업을 했다. 많은 사람들이 슬픔과 두려움을 딛고 원래의 뜻을 묵묵히 이어나갔다. 마을 사람들이 마음을 열고 진심으로 함께하기 시작했다. 학교를 짓고 유지해나가는 데 '주인의식'이라는 걸 가지게 된 거다.

이토록 변화란 긴 시간과 인내가 필요하다. 어려움과 희생을 감수해야 하며, 때로는 억울하고, 도리어 욕먹고 다치는 일도 묵묵히 견뎌야 하는 법이다. 고인의 무덤에 꽃을 바치는 것으로, 청년들의 '국제구호 체험'이라 할 수 있는 '선재수련'이 시작되었다. 나는 이십대도 아니면서 어떻게 어떻게 해서 그 일원으로 참가하게 되었다.

깨달음의
장

넉 달간 머물렀던 뉴욕을 떠나 다시 한국에 돌아왔을 때, 상황은 별로 나아지지 않았다. 하기로 한 연극도 영화도 제작 여건이 좋지 않아 무기한 연기되었다. 더 이상 숨을 곳도 없었다. 무척 우울해졌다. 그러던 겨울, 나는 우연한 기회에 새로운 경험을 하게 된다.

　남편과 친한, 편집 일을 하는 언니가 남편한테 〈깨달음의 장〉이라는 프로그램을 권했는데, 어쩌다보니 남편 대신 내가 가기로 했다. 가톨릭 집안이었지만 어느 때부터인가 성당에 나가지 않던 터였다. 마음이 불편할 때 가만히 기도하거나, 내킬 때 미사를 보는 습관이 남아 있을 뿐이었다. 오히려 달라이라마나 틱낫한 스님의 글을 읽을 때 많은 위로를 받았고, 명상에도 관심이 있었으니 일단 호기심이 생겼다. '깨달음'이란 과연 뭘까? 그런 경지는 어떻게 찾아올까? 그 프로그램이 어떤 것인지 자세히 알지도 못했지만, 맘처럼 되지 않는 일 때문에 무엇이라도 붙잡을 것이 필요했다. 큰 기대 없이, 그저 잠시라도 마음이 평화롭기를 바라고 갔던 그곳.

누군가 인생 최고의 순간을 물을 때, 나는 주저 없이 그곳에서의 경험을 말하게 된다. 오롯이 내면으로 시선을 돌렸던 시간, 당연한 것으로 여겼던 습관적인 생각의 틀에 의문을 던지고, 그 틀이 깨지고, "아" 하는 탄성과 날아갈 듯한 가벼움을 느꼈다. 아직 경험하지 못한 분들을 위해 자세히 쓸 수는 없다. 그건 마치 놀라운 반전을 가진 영화의 결말을 말해버리는 것과 마찬가지니까.

하루 5분이 채 안 된다. 내 마음이 '지금, 여기'에 머무는 시간이. 몸이 있는 곳에, 내 눈과 귀와 손이 머무는 곳에 내 마음이 함께 머물러 있는 때가. 그걸 알게 된 것이 충격이었다. 아침에 눈을 떠 세수하고 밥 먹고 설거지하고 책이 재미있어 푹 빠져 있을 때 정도일까? 그래서 사람들은 영화를 보고 드라마를 보고 게임을 하나보다. 과거에 대한 후회도, 미래에 대한 걱정도 없고, 지금 여기 없는 사람에게 머릿속으로 화내거나 변명하지 않아도 '넋을 놓고' 다른 사람의 이야기에 울고 웃을 수 있으니까. 그런데 이런 도움 없이 그저 내 삶을 그 순간 그대로 느끼고 바라보는 시간은 정말 짧다. 일상을 영위하며 내 마음과 생각은 늘 다른 곳, 다른 시간을 떠돈다.

세수를 할 때도, 차가운 물의 감촉, 내 얼굴에 느껴지는 비누거품 따위를 일일이 느끼고 있을 틈이 없다. 생각할 게 너무 많다. 동안세안법이란 게 있다고 들었다. 자세히는 모르지만 얼굴 피부에 자극을 주지 않기 위해 조심조심, 그러면서 깨끗이 씻는 비법 같은 거다. 물을 끼얹을 때도 손이 얼굴에 닿지 않게 살살 아주 여러 번 끼얹고, 비누거품도 손에서 충분히 낸 다음 얼굴에 닿는 자극을 최소화해서 솜털 구석구석까지 닦아야 한다. 헹구는 것도, 얼굴을 최대한 들고, 찡그리지 않고. 난 이 방법이 효과가 있을 거라고 확신한다. 만일 이렇게 매일매일 '깨어서' 얼굴을 씻을 수 있다면, 이렇게 몇 년을 지속할 수 있다면, 분명 그렇지 않은 사람보다 아름다운 피부를 갖게 될 것이다. 난 물론 그렇게 못 한다. 간혹, 아주 간혹 나도 "아, 오늘만큼은 그렇게 해봐야겠다"며 시도해보기도 한다. 세수할 때 오로지 세수에만 집중하는 거다. 손, 얼굴, 물, 거품. 그렇게 한 날은 기분이 좋다. 왜냐면 그 시간만큼은 걱정이나 후회나 변명이나 말다툼을 하지 않기 때문이다.

이상하게도 의식하지 않고 떠올리는 생각들은 대부분 부정적인 것이다. 그 시기에 주로 하고 있는 고민이, 과거의 일로 맘에 걸리는 사람이 떠오른다. 세수를 하고 밥을 먹고 설거지를 하고 차를 타고 이동을 할 때, 끊임없이 무언가 읽거나 시청하지 않으면, 남의 이야기에 열을 올리고 괜스레 흥분하는 것으로 내가 가진 '문제'는 잠시 잊는다. 이렇게 끊임없이 떠올리거나 잊어버리려고 해봐야 사실 해결되진 않는다. 오히려 문제는 자꾸 커지고 내 맘은 온통 그 일로 꽉 차버린다. 나는 그러니까 내 삶을 그때그때 살아내고 있지 않은 거다. 온통 과거와 미래를 왔다갔다 헤맬 뿐, 남의 문제에 빠져 내 문제를 잠시 잊는 걸로 도망칠 뿐, 나를, 내 삶을 단 한순간도 온전히 누리지 못하고 있었던 거다.

지금, 여기. 수많은 사람들이 경험하는 '명상'이란 다름 아닌 '지금, 여기'로 끊임없이 돌아오는 훈련이다. '지금, 여기'는 내게 마법 같은 주문이 되었다. 내 마음이 정처 없이 헤매고, 마음속 과거의 누군가와 다투느라 힘들고 있을 때 한순간 깨어 '지금, 여기'라 머릿속으로 말하기만 하면 내 마음은 곧 돌아온다. 싸움을 멈추고, 정성껏 세수를 하고, 밥을 먹고, 내 눈앞에 있는 사람의 말에 귀를 기울이게 된다. 내 앞에 놓인 모든 것을 받아들이고 느끼고 즐기므로 자연스럽게 미소 짓게 되는 그 순간의 평화를 만끽한다. 내 마음이 지금, 여기 머물도록 선택한다. 무조건 행복을 선택한다. 그러지 않을 이유가 없다, 확실히.

이제 기다리는 것쯤 괜찮아. 아니 기다리지 않겠어. 나는 지금, 여기 머물 테니까. 매일 아침 눈 뜨자마자 명상을 시작한다. 그저 호흡을 바라보는 명상. 끊임없이 떠오르는 생각의 물결 속에서 다시 호흡으로 호흡으로 돌아오는 연습으로 하루가 열린다. 이렇게 지금으로 돌아와 버릇하면 마음을 살피기도 쉬워진다.

〈깨달음의 장〉, 그곳에 다녀온 후 내 생각은 한결 자유로워졌고 내 마음을 살펴보는 연습을 하게 되었다. 슬픔을, 화를, 짜증을 약간 떨어져 가만히 바라보는 연습. 있는 그대로, 억누르거나 회피하지 않고, 옳다 그르다 판단하지 않고 그저 지켜보는 연습. 계속하다보면, 기쁨은 더 세밀하게 누릴 수 있고, 슬픔이나 화는 오히려 생각만큼 괴롭지 않다는 걸 알게 된다. 괴로워서 싫은 게 아니라 싫어해서 괴롭다는 것도 함께.

:

내가 왜
여기
이러고 있나

드라마 〈이산〉의 인기가 한창일 때였다. 동료 배우들과 함께 국제구호단체인 JTS의 어린이날 모금행사에 참석했다. 하루 1달러 미만으로 살아가는 아시아의 아이들을 돕자는 취지였다. 사전행사 때 동료들과 함께 무대에서 시민들에게 인사를 하고는 곧바로 직접 모금함을 들고 명동의 골목들로 나갔다. 옆에는 모금을 도와주는 자원봉사자 한 분이 따라 나섰다.

예감이 좋지 않더니, 결국 들어맞았다. 사람들이 나를 못 알아보는 것이다. 아무리 인기 있는 드라마의 주목받는 캐릭터라 해도, 단체 홍보용 티셔츠를 입은 단발머리의 나는 사람들 눈에 띄지 않았다. 몸도 마음도 얼어붙는 것 같았다. 머쓱하고 서글펐다. 옆에 계신 봉사자분이 안타까워서인지 자꾸 "탤런트 김여진 씨가 아이들을 돕기 위해 나와주셨습니다"라고 외치는데, 그것도 기분 좋지 않았다. 더 머쓱해지고 더 서글퍼졌다. 사람들은 그래도 지나치기만 했으니까. 드라마 주인공인 한지민이 있던 쪽은 사람들이 바글바글 모여드는 것이 보였다. 마음은 점점 위축되어갔다.

얼마나 지났을까. '내가 왜 여기 이러고 있나' 하는 생각이 스쳤을 때 퍼뜩, 그 마음을 읽었다. '나는 왜 여기 이러고 있는 것일까?' 나는 그 자리에 하루 1달러 미만으로 살아가는 아시아의 아이들을 돕겠다고 나와 있다는 사실이 떠올랐다. 그런데 지금 내 마음은 '사람들이 날 못 알아봐'라는 생각으로 가득 차서 괴로워하고 있었던 거다. 세상 어딘가에 하루 천 원 정도의 돈이 없어 굶거나 아프거나 학교에 못 가는 아이들이 있는데, 그런 고통보다도 '나의 문제'가 내겐 더 크구나, 단 한순간도 다른 사람의 고통은 제대로 느끼지 못하는구나, 생각이 들었다.

그제야 손에 들고 있던 팸플릿이 눈에 들어왔다. "배고픈 사람은 먹어야 합니다. 아픈 사람은 치료받아야 합니다. 아이들은 제때에 배워야 합니다." 이 간명하고 절실한 구호가 가슴에 들어왔다. 맞다. 정말 맞는 말이다. 누구든, 국가 이념 인종 종교, 그 무엇에도 상관없이, 배고픈 사람은 일단 먹어야 하고, 아픈 사람은 치료받아야 하며, 아이들은 제때에 배워야 한다. 아직 이 세상엔 그러지 못하고 사는 사람이 너무도 많다. 배고프지 않고 아프지 않고 배울 만큼 배운 내가 남들이 알아봐주지 않는 것에 마음이 쓰여 곧 울 것 같은 심정일 때, 어디선가 사람들이, 아이들이 굶고 아프고 배우지 못하고 있었다. 아무리 나에겐 내가 가장 중요하다지만 이건 참 할 말이 없지 않은가 싶었다.

목소리에 힘이 실렸다. 팸플릿에 적힌 구호들을 외치기 시작했다. 사람들을 향해 소리치기 시작했다. 눈을 맞추고 인사를 하고 돈을 받으면 깊이 머리 숙여 고맙다고 인사했다. 나중에는 그냥 스쳐지나가는 사람들을 좀더 따라가 말을 붙여보기도 했다. 나도 모르게 내 마음은 조금씩 가벼워지고 내 얼굴은 웃고 있었다.

'내 문제만도 버겁다'라고 생각했는데 아니었다. '내 문제만 생각하기 때문에 버거운' 거였다. 다른 사람의 고통에 조금이라도 마음을 기울이는 순간, 마음은 여유로워지고 넓어졌으며 상대적으로 내 문제는 사소해졌다. 게다가 '지금, 여기'에 집중한 것이다. 모금을 할 때 정말 열심히 모금을 하니 그것으로 충분했다.

고통을
직시하기

JTS 모금 캠페인 후 얼마 지나지 않아 법륜 스님을 뵙게 되었다. 스님은 48일째 단식중이었다. 깡마른 몸에 맑은 얼굴을 한 스님은 또렷한 목소리로 단식의 이유를 설명했다. 굶어죽어가고 있는 북한동포들을 살리기 위해 여러 가지 방법으로 호소하고 있었다. 나도 북한의 식량난에 대해서는 어렴풋이 알고 있었을 뿐 자세히는 몰랐다.

햇볕정책이 폐기되고 강경 일변도로 남북관계가 경색되자 그 피해는 고스란히 북한의 민중이 받고 있었다. 북한은 반복되는 수해로 인해 농경지는 황폐화되고 기간산업들도 다 파괴되어버렸다. 북한당국은 자신들의 무능과 치부를 가리기 위해 북한 주민의 아사 현실을 감추기 급급했고, 우리 정부는 그 사실을 알고도 정치적인 이유로 식량공급을 중단했다.

한국에서는 북한 주민에게 식량을 보내자고 말하면 곧 '빨갱이'니 '종북세력'이니 공격을 당하곤 한다. 또 한편에서는 북한당국을 자극하는 언사이니 조심하자고 한다. 그 속에서 죽어가는 건 북한의 힘없는 주민들이다. 아이들과 노인들이다. 이유야 어쨌건 '굶어서' 죽는 사람에겐 먹을 것을 주어야 하지 않느냐는 게 스님의 뜻이었다. 한반도의 평화를 위해서도 그래야 한다. 자신들 배곯을 때 먹을 것을 준 사람들에게 총부리를 겨누기는 쉽지 않다. 설사 그런 일이 벌어지면 그때 식량을 끊으면 된다. 무엇보다, 전시라 쳐도 포로를 굶겨 죽이는 법은 없다.

스님 당신이 단식을 하는 이유는 굶는 고통을 머리와 마음만이 아닌 몸에 새겨 잊지 않기 위함이라 했다. "몸으로 기억한다"라는 말에 마음이 움직였다. 그래, 머리로 아는 것은 아는 것으로 그치기가 쉽겠구나. 나도 한번 해보자 하는 생각이 들었다. 그날로 나흘을 굶었다. 사실은 일주일쯤 해볼 생각이었지만, 하다가 도저히 견딜 수가 없어 중단했다.

곡기를 끊고 음료수만 마신 지 사흘이 지나자 온몸이 너무 아팠다. 구역질과 두통은 물론 손톱 아래까지 저릿저릿 아파왔다. 말을 하는 것도 걷는 것도 너무 힘이 들었다. 48일을 굶으셨던 법륜 스님이 떠올랐다. 또박또박 말을 이어가고 사람들을 만나던 모습. 사람이 어찌 그럴 수 있나 싶기도 했고, 이리 힘든데, 48일을 굶어도 안 죽는데, 그럼 대체 얼마나 굶어야 죽음에 이르는가, 생각이 들었다. 이 고통 속에서 몇 달을 굶으며 죽어가는 아이들의 마음이 상상되자 눈물이 쏟아졌다.

나흘째 미음을 마시며 정신이 들고 기운이 차려지는 것을 느끼면서, 이 정도 곡기조차 이어가게 해주지 못하는 심정을 생각했다. 어떤 죄가 있으면 그리 죽도록 내버려둘 수가 있을까. 가장 포악한, 잔인무도한 죄를 지은 연쇄살인마라 할지라도 이런 식으로 죽이진 않는다. 이 세상에 굶어죽어도 마땅한 사람이란 있을 수 없다. 그런 죄란 존재하지 않는다. 그걸 알면서도 못 본 척, 이유를 갖다붙이고 있는 우리의 죄에 섬뜩한 마음이 들었다. 울며 미음을 마시며 이 일을, 이 마음을 잊지 않겠노라 다짐, 또 다짐을 했다.

얼마 후 또 다른 충격적인 사건이 있었다. 배우 최진실 씨의 죽음. 그녀의 자살은 전국민을 충격에 빠뜨렸다. 아무래도 현실로 받아들여지지 않는 죽음이었다. 그녀 최진실. 분장실에서, 스튜디오에서 그저 몇 번 인사를 나누었던 사람이지만 그녀는 그냥 그런 동료이자 선배가 아니었다. 내밀한 내 마음속 '워너비'라고 할 수 있는 사람이었다. 그녀, 빼어난 미모 때문만이 아니라 본인만의 매력으로 가장 오래 톱스타의 자리를 지켜온 사람. 수많은 구설에도 불구하고 늘 다시 오뚝이처럼 일어났던 사람. '드라마 불패'의 신화를 가지고 있는 사람. 늘 주연만 하는 사람. 아이에서 노인까지 전국민이 그 이름을 다 알고 있는 사람. 그래, 나도 그런 연기자가 되고 싶었다. 한 번도 드러내놓고 말한 적도, 아니 스스로 솔직하게 인정해본 적도 없었지만, 그런 위치, 그런 연기자가 되는 게 희망이었다.

잠깐 인기를 누리고 기억 속에서 사라지는 수많은 연기자들, 조금이라도 '뜨면' 언제 떨어질까 불안해하는 동료와 후배들, 화려한 겉모습과는 달리 언제나 마음은 엎치락뒤치락하고 있는 이들과는 좀 다를 거라고 생각했던 그녀. 그녀가 스스로 목숨을 끊자 내 마음속 줄 하나가 '탕' 하고 끊겨나가는 느낌이었다. 난 어디를 향해 가고 있었나. 저기까지만 가면 완전히 괜찮을 줄 알았는데, 더 이상 이 암울한 불안함과 조급함을 느끼지 않아도 될 줄 알았는데, 행복할 줄 알았는데. 그럼 난 도대체 어디를 향해 가야 한다는 말인가? 방향을 잃고 그 자리에 우뚝 서서 움직일 수가 없었다.

최진실 씨는 정말 작고 마른 몸으로 생을 마쳤다. 여기저기 떠도는 기사들에는, 마지막 며칠간 그녀는 거의 먹지 못하고 자지 못했다고 씌어 있었다. 바로 지척인 곳에서 정말 먹을 것이 없어 죽어가는 괴로운 사람들이 존재하고, 이곳에선 먹을 것이 있어도 먹을 수 없는 괴로운 사람들이 존재한다. 무엇이 더 큰 고통이라 감히 말할 수 없다. 둘 다 지옥이다. 우리가 가진 것, 누리는 것으로 해결되지 않는 괴로움. 난 진심으로 두려워졌다. '괴로움'에 대해서 난 너무 모르고 있었다. 막연하게 느끼고, 막연하게 두려워하고, 막연하게 회피하고 있었다. 그래서 타인의 고통도, 나의 고통도 정확히 알지 못하고 그저 도망치려 발버둥만 치고 있었다.

두려움을 직시하자고 생각했다. 똑바로 보지 않으면 극복할 수 없다. 고통의 실체를 내 눈으로, 내 몸으로 또렷이 보

자. 그것만 하자. 싸우려고도 이겨내려고도 하지 말고 그저 똑바로 '응시'하자.

그 후로 사람들을 만나 얘기했다. 북한 아이들의 '아사'에 대해서. 단순히 배고픈 기아와는 본질적으로 다른 '굶어서 죽음에 이르는 상황'에 대해서. 초등학교부터 대학교까지 갈 수 있는 곳은 다 찾아다니며 얘기를 나누고 모금을 했다. 서명도 받았다. 소용이 있건 없건, 욕을 먹건 말건 상관하지 않았다. 중요한 건 그들은 잊지 않는 것이고 할 수 있는 일을 해나가는 것이었다.

또 사람들과 함께하는 '마음 나누기'도 계속해나갔다. 노희경 작가, 연기자 배종옥 선배와 함께 방송 연극 영화인들과 함께하는 수행봉사단체인 '길벗'의 회원으로 활동했다. 자기 마음을 있는 그대로 관찰하고 사람들과 허심탄회하게 나누고, 옳다 그르다 판단하지 않고, 그저 듣고 공감해주는 훈련. 한동안의 이 훈련은 확실히 '직시'하는 습관을 기르는 데 도움이 되었다. 그러다 결국 '굶주리는 사람들'을 내 눈으로 직접 보고 싶다는 생각을 하게 되었다. 그래서 대학생들을 대상으로 하는 프로그램 '선재수련'에 말 그대로 '꼽사리 껴서' 그곳, 둥게스와리로 향한 것이다.

하루의
일과

새벽 네 시 반. 밖은 아직 어둡고 별도 지지 않은 시간. 종소리와 함께 불이 켜진다. 잠에서 깨자마자 침낭을 접고 양치질도 하기 전에 먼저 방석을 깔고 앉아 명상을 한다. 아침 체조와 세수를 마치고 모두 둥그렇게 둘러앉아 아침식사를 한다. 음식은 남기면 안 된다. 씻은 김치 조각으로 그릇에 남은 양념까지 깨끗이 닦고 숭늉으로 헹구어 먹는다. 자신의 그릇을 그 자리에서 맑은 물로 씻는다. 80여 명의 인원이 식사를 마치고 남은 쓰레기는 없다. 자신의 그릇은 정해진 장소에 줄을 맞춰 챙겨둔다.

식사를 마치면 누구든 하고 싶은 말을 꺼내놓는다. 단체

생활을 하는 데 더 효율적인 방법들부터 마음속에 스쳤던 어떤 상념까지도. 일을 하면서, 둥게스와리 마을사람들을 만나면서 생각한 것, 음식을 먹으면서, 물을 마시면서, 동냥하는 아이들과, 학교 안의 또 다른 아이들의 모습(사실은 같은 아이들이다)을 보면서 느낀 것, 어느 이야기라도 할 수 있다. 처음엔 서먹해서 한두 명만 말하고 끝났는데, 수련 막바지에는 시간이 모자랄 정도였다.

아침식사를 마치면 곧 작업복으로 갈아입고 그날의 일을 나간다. 우리가 했던 공동작업은 마을 유치원 옆 길 만들기였다. 우기가 되면 온통 진창이 되어 아이들이 걸어다니기 힘든 100미터쯤의 길에 돌을 고르고 콘크리트를 씌워 평평하게 닦는 일이었다. 주어진 시간은 4일. 80명이 덤비면 금세 끝날 줄 알았는데 생각처럼 쉽진 않았다. 여학생이 훨씬 많았고, 남학생이라고 해서 이런 경험이 전혀 없는 경우가 대부분이었으므로, 일의 요령도 없었고 무엇보다 정말 힘에 부쳤다. 그래도 즐겁게 일하려고 노래를 많이 불러댔다.

처음 하는 육체노동 때문에 하루가 지나고 이틀째가 되자 온몸이 끊어질 듯 아팠다. 그런데 괴롭지 않았다. 몸이 아프고 피곤하다고 해서 꼭 괴로운 건 아니구나 싶었다. 그걸 알게 된 게 신기했다. 싫지 않았기 때문이다. 대가를 바라지도 않고, 자진해서 맡은 일이었다. 태어나서 언제 이렇게, 아무 욕심 없이 몸을 놀려보았을까 싶었다. 잘하려고 하지도 않았고 정 힘들면 앉아서 쉬었다. 대학생들 중엔 너무 열심히 하다 몸에 큰 탈이 나는 경우도 있었고 자기 욕심껏 일이 진척되지 않자 조바심을 내는 경우도 있었다. 사람들을 원망하기도 하고 미안해하기도 했다.

나는 젊은 친구들의 수많은 감정들을 조금 떨어져서 지켜보는 입장이었다. 될 수 있으면 솔직하게 여러 얘기들을 나누고는 있었지만 아무래도 들어주는 입장이었고, 나 자신은 비교적 평온한 상태를 유지할 수 있었다. 아니, 사실 '더 이상 아무것도 바랄 것이 없는 상태'라고 할 수 있었다. 엄격한 여러 규칙들을 지키고 거친 음식을 먹고 불편하고 짧은 잠을 잤지만 마음은 그저 안온했다. 고민할 것도, 걱정할 것도 없는 생활이었다. 몸을 움직여 노동하고 어두워지면 모여 앉아 두런두런 얘기를 이어가다가 끝도 없이 노래를 불렀다. 그리고 깊고 단순한 잠에 빠져들었다.

：

천국의
맛

나흘간 공동작업이 끝이 나고 하루의 휴식이 주어졌다. 이
때 잠시 앓았다. 때늦은 배앓이였다. 설사가 심했고 열이 꽤
많이 났다. 인도의 물은 석회질이 많아 반드시 끓여먹어야
했다. 보리차를 넣고 팔팔 끓여도 남아 있는 석회성분 때문
에 참가자들은 돌아가면서 한 번씩은 물갈이를 앓곤 했다.

　숙소에서 먼 화장실 때문에 꽤 곤란했다. 그래도 하루를
꼬박 잘 수 있어서 좋았다. 잠결에 느껴지던 손길. 걱정스레
이마를 짚어주던 여러 명의 손길. 열 때문에 계속해서 잠에
빠져들면서도 행복했다. 외롭지 않았다. 아파도 괴롭지 않
았다. 이틀 만에 자리를 털고 일어나 죽을 먹었다. 따뜻하고

맛있었다.

조별 마을 공동작업에 들어가면서 본격적으로 마을 사람들과 만날 기회가 생겼다. 둥게스와리는 크고 작은 열여덟 개의 마을로 이루어져 있는데, 내가 속한 조는 산띠나가르라는 마을로 들어갔다. 마을 아이들이 놀 수 있게 나무 옆 공터를 보수하는 일을 맡았다.

일은 비슷했다. 돌을 나르고 모래와 시멘트를 섞고 바르는 일. 우물 옆 배수로도 손봤다. 사실 이런 일이야 마을 사람들이 직접 하거나 수자타 아카데미의 청년단이 하면 훨씬 손쉬울 일들이었다. 그저 우리에게 일거리를 주는 것에 불과했다. 미래의 국제구호 활동가를 꿈꿀 수도 있는 학생들에게 체험의 기회를 주는 거였다.

우리에겐 또 다른 숙제가 있었다. 숙소에서 가져온 쌀과 야채와 '달'(인도에서 흔히 먹는 콩)을 가지고 이곳 주민과 소통을 해서 밥을 지어먹기. 서툰 힌디어로 손짓 발짓을 해가며 밥을 지어먹었다. 주민들은 해마다 이곳에 들어오는 한국 청년들을 반갑게 맞아주었다. 말 한 마디 제대로 못 해도 밥도 지어먹고 차도 한 잔 얻어 마실 수 있었다.

우리가 일을 하면 동네 아이들이 거들었다. 돌을 날라주고, 시멘트를 섞어주고, 그렇게 조금씩 친구가 되어갔다. 우리만 보면 무언가 달라고 조르던 아이들이 그저 놀이 삼아 우리 곁에 머물고 오히려 자기들이 가진 작은 열매나 예쁜 돌을 나누어준다. 태어난 지 6개월이 지났는데 3킬로그램밖에 안 나가는 조그만 아기를 안아보고, 하루 종일 숯을 넣은 단지를 껴안고 있는 외로운 할머니 손도 잡아보면서, 그렇게 한 달이 흘렀다. 대학생들도, 나도 조금씩 컸다. 고민도 깊어졌다.

'농나딴'이란 과자. 아기 주먹만 한 크기의, 설탕으로 버무리고 기름에 튀겨낸 밀가루 과자. 둥게스와리에선 구할 수가 없어서 보드가야까지 가야 살 수 있다. 마을 공동작업을 끝마쳤던 날, 볼품없어도 뿌듯하기만 한 '길'이 생긴 날, 이 과자를 먹었다. 한국에서라면 절대 돈 주고 사먹지 않았을 '불량식품'이다. 기름과 설탕의 맛. 천.국.의.맛. 내가 태어나서 먹어본 최고의 맛이었다. 6성급 호텔에서도, 뉴욕에서도 유럽에서도 경험하지 못한 맛이다.

생전 처음 겪어보는 4일간의 고된 노동을 마치고 녹초가 되어 있을 때, 그래도 완성된 길을 보며 괜히 감격스러워 부둥켜들 안고 소리 지르고 노래 부를 때, 따끈한 차 짜이 한

잔과 함께 손에 쥐여준 이 과자의 달콤함과 고소함은 정말이지 세포 하나하나로 전달되어왔다. 함께 일하고 함께 먹는 달콤함. 아무리 비싼 값을 치르더라도 맛볼 수 없는 '절대 행복'의 맛.

풀,
돌,
물,
먼지처럼

본격적인 마을 작업에 들어가기 전 수자타 아카데미 바로 옆에 있는 돌산, 전정각산에 산행을 떠났다. 높지 않아서 산이라기보다 돌로 된 능선이 길게 이어진 듯한 길이었다. 그래도 그 높은 길 위에 서자 아찔했다. 폭은 좁고 양옆은 가팔랐다. 발을 잘못 디디면 곧바로 떨어져 죽거나 다칠 것만 같았다. 다리가 후들후들 떨렸다. 여학생들은 대부분 능선 위를 걷지 못하고 조금 아래서 기어가다시피 해서 겨우겨우 행렬을 따라갔다. 어떻게든 일어서서 걷고 싶었다. 우리를 따라온 마을 아이들은 신발도 신지 않은 채 그 능선을 뛰어다녔다. 다람쥐 같고 노루 같았다. 저 아래쯤엔 떨어져 죽은 소의 시체도 보이고 학교는 까마득히, 마치 저공비행할 때 보이는 것처럼 작게 보였다.

길은 점점 가팔라지고 좁아졌다. 어느 순간 정말 다리가 움직이질 않았다. 행렬이 멈췄다. 나도, 다른 학생들도 겁을 먹고 주저앉았다. 리더의 목소리가 카랑카랑 울렸다. 이곳에서 떨어져 죽은 사람은 아직 없다고, 아이들은 학교에 오기 위해 매일 넘나드는 길이라고, 겁먹지 말라고. 순간 머릿속에 떠오른 한 마디. '죽지 뭐.' 머나먼 타향, 아무도 떨어져 죽은 사람 없는 이 보잘것없지만 겁나는 산에서, 죽지 뭐. 그럼 뭐 어때. 별 의미도 없고 시시한 죽음이지만, 뭐 어때.

참 이상하지. 왜 이런 생각이 들었고, 왜 이런 생각이 들자마자 겁이 사라지고, 다리에 힘이 들어갔을까? 정말 꽉 쥐고 있던 마지막의 것. 목숨. 난 그걸 슬쩍 내려놓았다. "죽으면 절대 안 돼! 이런 데서 죽는 건 용납할 수 없어!"라는 고집을 스스로 놓아본 경험이었다. 언제 죽어도 죽는다. 죽고 싶을 때 죽을 수 있는 것도, 죽고 싶지 않다고 발버둥 쳐봐야 안 죽는 것도 아니다. 그저 '겁'을 내고 있을 뿐이다. "죽으면 안 돼!"라고 고집을 부리고 있는 거였다. 왜냐면 '나의' 목숨이니까. 하지만 이건 사실이 아니다. 난 내 목숨의 소유자가 아니다. 내가 노력해서 가진 것도 내가 컨트롤할 수 있는 것도 아니다. 그건 많은 목숨들 중 하나이며 어느 순간 스러질 것이다. 의미가 있든 없든, 어느 때고 말이다.

아무튼 그 순간 난 일어서서 걸을 수 있었다. 아니 뛸 수도 있었다, 놀랍게도. 마음은 하늘을 날 듯했고 발은 가벼웠다. 성큼성큼 걷고 뛰어 선두에 섰다. 또 이상하게도, 엉금엉금 기던 내가 일어서서 걷는 걸 보자 다른 여학생들도 걷기 시작했다. 다는 아니어도 많은 학생들이 용기를 똑바로 일어서고 발밑의 아찔한 높이를 바라보며 걷기 시작했다.

그날의 감각을 잊지 못한다. 벽 하나를 뛰어넘은 느낌. 용기를 내는 요령을 익힌 기분이었다. 두려움을 이기는 법. 고집을 꺾는 일. "반드시 결과가 이러이러해야 해. 안 되면 어쩌지?"라는 내 기대를 내려놓는 일. 뭐 어때. 실패하면, 실수하면, 잘 안 되면, 가진 것을 잃으면, 다치면, 혹 죽기라도 하면, 뭐 어때. 그만큼 인생을 자유롭게, 재미있게 즐겼으면 됐지 뭐. 크게 보면, 지구 차원이나 우주 차원에서 보자면, 뭐 아무 일도 아니잖아? 풀, 돌, 물, 먼지처럼 그렇게 가볍게, 자유롭게 살면 되겠구나 싶어졌다.

:
:

나는
의외로
힘이 세다

그렇게 인도는 두 번을 다녀왔다. 두번째는 스태프로 참여
했다. 난 공양간(부엌)을 담당하는 공양주였다. 누구보다 일
찍 일어나고 늦게 자야 했다. 공양간 밖으로 나와본 기억이
거의 없다. 힘쓰는 일은 부공양주인 건장한 남학생의 몫이
었고, 그때그때 당번으로 들어오는 대학생들 세 명과 함께
매끼, 60인분의 식사를 준비했다. 밥, 국, 세 가지 반찬. 채소
뿐인 소박하고 담백한 밥상.

  이 일을 하겠다고 마음 낼 때 두려웠던 건 사실이다. 인생
에서 가장 큰 모험을 떠나는 듯했다. 다행히 무사히 마쳤고,
그때의 경험은 내게 '나를 믿는 힘'을 선사했다. 두려워하지

않으면, 스스로 '나는 못 해'라고 한계 짓지 않으면, 함께하는 사람들을 믿고 아끼면, 나는 의외로 힘이 세다는 걸 믿게 되었다. 나조차도 내가 무얼 할 수 있는지 모르고 있었던 거다. 잘하리란 보장은 없다. 결과는 누구도 모른다. 처음 하는 일이라면 실패할 확률이 훨씬 더 높다. 당연한 거다. 그래도 할 수 있다. 해보면 된다. 어찌 되든 부딪혀보는 동안, 내 힘은 조금씩 자란다.

남편은 내가 인도에 가는 걸 좋아하지 않았다. 말투에도 얼굴에도 드러난다. 그래도 반대하진 않았다. 오가는 공항에 배웅과 마중을 나와주었고, 냄새나는 몸으로 돌아온 나를 안아주었다. ('냄새난다'는 말은 빼놓지 않았지만.) 꺼칠해진 손마디를 구박하면서 돌아오는 차 안에서 내내 툴툴거렸다. 눌러살지 그랬냐, 또 갈 거냐…… 사실 그랬다. 난 또 가고 싶었다. 거기서 한 3년쯤 눌러살면 어떨까 생각했다. 멋진 옷을 입을 필요도, 자주 씻을 필요도, 무언가 가질 필요도 없는 삶을 살아보고 싶었다. 속내를 들켰으니 나는 아무 말도 할 수 없었고, 운전하는 남편의 얼굴은 굳어졌다.

집에 돌아왔을 때 (두 번 다) 함께 사는 개, 순이가 나를 몰라봤다. 냄새가 달라져서였을까? 아니면 나라는 사람의 성분이 좀 달라져서였을까? 샤워를 하고 서랍 속 깨끗한 옷으로 갈아입고 나서야 겨우 내게 다가와 꼬리를 흔들었다. 그러곤 아무 일 없다는 듯 내 다리에 몸을 붙이고 잠들었다. '집'으로 돌아온 것이다. 원래 살던 방식으로.

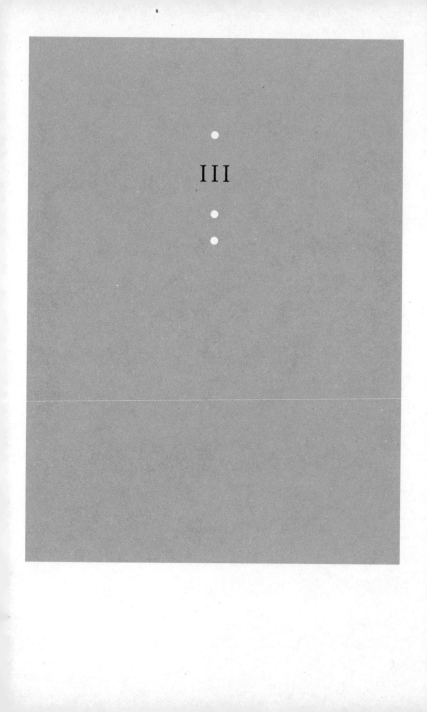

III

꿈의
나날

꿈이란 걸 가장 많이 꾸어본 적이 언제였을까?

열여덟, 대학 진학을 앞두고 대부분의 시간을 오로지 입시 준비에 쏟아붓고 있었을 때. 대학에 가면…… 그래, 내가 열여덟 살 때, 대학은 아직 꿈 같은 곳이었다. 대학만 가면 모든 것이 달라질 거라고, 대학만 가면 이제 길고 긴 인고의 시간은 뒤로하고 찬란한 청춘의 나날이 시작될 거라 믿었다. 부모님이 그렇게 말했고 선생님이 그렇게 다독였다. 지금처럼 사회로 나갈 걱정을 그 나이에 미리 하지 않아도 됐다. 부모님 중 한 분이 직장에 다니면 등록금 정도야 어떻게든 마련이 될 때였으니까.

난 내가 좀 특별하다고 생각했다. 내가 살고 싶은 삶은 명확했고 대학에 가자마자 그런 삶을 누릴 것이라 다짐했다. 전혜린과 같은 독문학자가 되고 싶었다. 서울대 법대를 차석으로 들어갔지만, 그 실용적이며 건조한 학문을 견디지 못하고 독일문학, 이성과 낭만을 아우르는 학문을 하러 독일 뮌헨으로 떠났던 여자. 그녀가 내 사춘기 시절의 로망이었다. 그녀처럼 살겠다. 그녀처럼 치열하게 공부하고 사유하고 글을 쓰고 고독해하고 힘들어하며 살겠다. 대학만 가면 나는 부서질 것 같은 성마른 표정으로, 매일매일 산더미처럼 책을 쌓아두고 읽으며, 영민한 친구들과 함께 '실존'에 대한 고민을 하리라. 목표가 확실했던 건 분명 도움이 됐다. 입시공부를 그리 괴롭지 않게 해낼 수 있었으니까.

대학을 갔다. 여중, 여고를 나왔는데 또 여대를 가야 한다는 게 좀 억울했지만, 내게 대학이란 진정한 공부를 위한 거였으니 남학생 따위 연연하지 않겠다고 마음먹었던 터였다. 하지만 대학은 첫 수업부터 여지없이 내 기대를 저버렸다. 지정석, 레포트, 쪽지시험과 중간 기말 고사의 점수 분포 안내, 문법과 단어 암기 중심의 전공수업. 같은 과 동기들의 관심은 학점과 미팅, 그리고 외톨이가 되지 않기 위해 적당히 친구 사귀기 정도였다.

나는 학교생활에 급격히 흥미를 잃고 말았다. 뭐가 이래. 수업료 비싼 고등학교와 다를 바가 없잖아. 학점을 따기 위해 열심히 필기하고 외우는 수업, 한 자라도 더 많이 써야 하는 시험. 숨이 막혔다. 내가 하려던 공부는 이게 아닌데, 하고 싶은 공부를 마음껏, 내 방식대로 해보려고 대학에 온 건데. 입학한 지 한 달이 채 가기도 전에 난 대학의 모든 것에 관심이 사라졌다. 수업도 건성으로 들었고 친구들과도 그냥 그랬다. 3월에도 추운 서울 날씨와 햇빛 한 점 들지 않는 하숙방이 싫어졌다. 몇 번 못 이기는 척 따라나간 미팅도 재미없고 시시했다.

울고 싶은 나날이었다. 인생이 뭐가 이래. 내내 점수 따고 경쟁하다 끝나는 거야? 이렇게 다들 정해진 대로 똑같이 살면 그걸로 된 거야? 열아홉 대학 1학년 때 설핏 보게 된, 획일화된 삶의 그림이 실망스럽고 따분했다. 이렇게 살 거면 굳이 오래 살아야 할 이유가 없다. 내가 나로 살아가야 할 이유가 없다…… 그랬다.

1991년 4월 19일, 난 그날이 어떤 날인지도 의식하지 못

한 채로 하루를 보내고 있었다. 그런데 그날 서울 어느 곳에서 나와 동갑인 남학생 하나가 죽었다. 대낮에, 맞아서. 학교 담벼락에 붙은 대자보에서 그 소식을 알게 되었다. 읽고 또 읽어도 이해가 되질 않았다. 왜, 어째서, 어떻게 대학교 1학년 남학생이, 비록 재미없고 시시하긴 해도 얼마나 고생을 하고 들어온 대학인데, 대학생활을 한 달밖에 못 누려보고 경찰에게 맞아죽을 수가 있단 말인가? 뭘 얼마나 잘못하면 경찰이 사람을 때려죽일 수가 있나? 대자보 앞에서 눈물이 뚝뚝 떨어졌다.

며칠 후 연세대학교에서 열린 강경대 열사 추모집회가 난생처음 본 집회였다. 데모라는 말은 들어봤었다. 어릴 적 고향 마산에서 학교를 다닐 때도 때때로 매캐한 최루탄 냄새를 맡을 수 있었다. 그럴 때마다 교실은 소란스러워졌고 선생님들은 "너거는 대학 가도 데모하지 마래이" 신신당부를 하곤 했다. 왜 데모를 하는지, 이유도 몰랐었다. 그저 불편하고 맵고 쓸데없고 소란스러운 거라고만 알고 있었다. 혼자 연세대학교 운동장 한 귀퉁이에 앉아 있으니 많은 사람들의 울분 섞인 발언과 구호와 노래가 들려왔다. 무엇 하나 따라할 수도, 이해할 수도 없었다. 시끄럽고 과격하게만 느껴졌다. 비장하고 구슬픈 노래에는 눈물도 조금 났던가.

주변에 전시된 사진들을 보게 되었다. 5·18 광주항쟁에 대한 사진이었다. 도저히 믿기지 않고 똑바로 쳐다볼 수도 없는 끔찍한 장면들. 보면서도 "아냐, 이럴 수가 없어, 어떻게 이런 일이……" 부정하게 되는 그, 참혹한, 장면들. 정신을 차릴 수가 없었다. 내가 여태껏 살아온 것과 전혀 다른 세상이 존재한다고 느꼈다. 한 번도 보지 못한 세상. 누구도 가르쳐주지 않은 세상. 많은 사람이 죽고도 덮여버리는 세상. 무서웠다. 눈을 감고 그만 돌아서고 싶었다.

집회가 끝나가자 사람들이 교문 밖으로 나갈 준비를 하고 있었다. 난 아마 너무 무서워서 혼자 돌아가지 못했나보다. 그래 이렇게 우르르 나갈 때 같이 나가야지. 나도 대열 속에 서성이며 한 걸음씩 움직이고 있었다. 어느덧 날은 어두워졌는데, 웬일인지 대열은 좀처럼 나아가지 못했다. 지루하게 서 있다, 한 걸음 나아갔다, 다시 섰다를 반복했다.

그때 갑자기 '콰과광' 하는 천둥소리 같은 게 들렸다. 저 멀리 하늘에서 무언가 반짝반짝하는 것이 날아오고 있었다. '불꽃놀이인가?' 난 진짜로 그렇게 생각했다. 옆 사람들이 갑자기 뛰기 시작했다. 난 영문을 몰라 그 자리에 서 있었다. 왜 뛰어요? 저게 뭔데요? 물어보고 싶은데 그럴 수도 없었다. 하늘을 날던 그 '불꽃'이 바로 내 옆에 떨어져 펑하고 터졌다. 순식간에 피어오르는 하얀 연기. 숨을 쉴 수가 없었다. 한꺼번에 들이마신 그 하얀 가루는 내 폐 속으로 들어왔고 나는 다시 숨을 뱉을 수도 없었다. 눈을 뜰 수도, 도망칠 수도, 생각을 할 수도 없이 난 그 자리에 쓰러졌다. 이대로 죽는구나. 저기 저 사진 속 사람들처럼, 강경대, 그 남학생처럼……

정신을 다시 차렸을 때는 어느 건물 안이었다. 여기저기 누워 있는 사람들, 마스크를 쓴 채 왔다 갔다 하는 사람들이 보였다. 그다음 느껴지는 건 엄청난 따가움. 눈도 목도 피부도 견딜 수 없이 아팠다. 눈물과 콧물이 쉴 새 없이 흘렀다. 누군가 내게 담배연기를 뿜어주었다. 기분 탓이었겠지만, 그 순간 담배가 마치 치료약처럼 느껴졌다.

그러고는 하숙집으로 돌아왔다. 어떻게 돌아왔는지 기억이 나질 않는다. 여전히 눈물 콧물이 쏟아졌다. 씻고 자리에 누워 끙끙 앓으면서 여전히 내 몸과 마음은 떨고 있었다. 가장 강렬했던 고통의 기억. 내 몸도 마음도 처음 느껴보는 그 강렬함에 어찌할 바를 몰랐다. 잠을 자도 몇 번씩 환청을 들고 깨곤 했다. 그 천둥 같던 소리. 그 후로도 한참 동안 난 문 닫는 소리에도 놀라고, 갑자기 날아가는 새에도 놀라고, 밤이면 반짝거리며 날아가는 비행기에도 놀랐다.

사람들이 자꾸 죽었다. 김귀정 열사가 경찰의 토끼몰이식 진압에 쫓기다 군홧발에 밟혀 죽었고, 많은 사람들이 분신을 했다. 노태우 정권 타도를 부르짖기도 하고 우루과이 라운드 반대를 외치기도 했다. 난 여전히 아무것도 몰랐고 이해되지도 않았다. 왜 직선제 투표로 뽑힌 대통령을 타도하자고 하는지, 우루과이 라운드가 뭔데 저렇게 반대하는 건지, 저런 식으로 반대하고 구호 외치고 집회를 한다고 해서 과연 막아지는 건지, 끊임없이 의문이 생겼지만 물어볼 데도 마땅치 않았다.

그런데 사람들이 자꾸 죽었다. 무섭고 슬펐다. 죽으면서까지 말하고자 하는 그게 도대체 뭔지 알고 싶었다. 그런데 알 수가 없었다. 그러니 집회를 나갈 수밖에 없었다. 누구도 말해주지 않는 이야기들을 그곳에서는 들을 수 있었기 때문이다. 전단지와 대자보와 사진들, 사람들의 발언. 맥락도 알 수 없는 구호와 울음과 고함에 묻혀버린 연설들. 텔레비

전에서도 신문에서도 강의실에서도, 그 누구도 입도 벙긋하
지 않는 많은 사연들. 대부분의 이야기들을 반도 이해할 수
가 없었고 동조가 되지도 않았다. 그런데 그냥 가슴이 아팠
다. 찢어질 듯 아파왔다. 누군가 고통받고 있다고, 억울하다
고 외치고 있는데, 왜 이 많은 이야기들을, 이 사람들의 입장
을 누구도 차분히 얘기하지 않는 걸까. 난 늘 전단지를 모으
고 연설만 듣다가 사람들이 움직이기 시작하면 빠져나왔다.
최루탄으로부터 도망치기 위해서였다. 정말 무서웠다.

아름다움

집회 대열 속에 과 선배 몇 명이 있었다. 반갑고 기뻤다. 묻고 싶은 것이 산더미였다. 그렇게 사회과학 학회에 들어갔다. 그때부터 과방에 살다시피 했다. 꿈꾸던 것과는 전혀 다른 주제이긴 했지만, 내가 기대했던 대학생활의 일부, 치열한 토론이란 걸 해볼 수 있었다. 그때 만난 선배들은 흔히 말하는 '운동권'은 아니었다. 오히려 학구적이고 문화적이며, 또 문학적인 관심을 가지고 있는 사람들이었다. 내 꿈처럼 치열한 삶을 살고 싶어하는 사람들이었다. 관념적으로만 말고, 실제 모든 생활에서.

무척 좋아했던 선배 한 사람을 기억한다. 하얀 얼굴에 고운 선을 가진 자그마한 언니. 그 언니는 늘 야상 점퍼 같은 걸 입고 다녔고 안주머니에서 소주팩을 꺼내 빨대를 꽂아 홀짝홀짝 마셨다. 얼굴색 하나 변하지 않은 채. 정말 차분하게 얘기하는 사람이었다. 단 한 번도 그 언니가 목소리를 높이는 걸 들어본 적 없었다. 집회에 나가서도 아주 가끔씩만 크지 않은 목소리로 구호를 외쳤다. 나처럼 최루탄에 경기를 일으키지도 않았고, 표정도 흐트러짐 없이 지나가는 사람에게 전단지를 나눠주었다. 어떤 질문을 해도 아주 쉬운 말로 명료하게 자신의 생각을 얘기해주곤 했다. 그 사람을 신뢰했다.

이후 미학으로 전공을 바꿔 대학원에 진학했던 그 선배를 다 이해할 순 없었지만, 그러니까 이토록 바꿔야 할 게 많은 세상을 두고, 더 이상 운동하는 삶을 살지 않는 그 언니를 어떻게 생각해야 할지 알 수 없었지만, 손톱만큼도 실망하거나 하지 않았다. 그 사람을 좋아하고 또 믿었다. 왜냐하면 그 사람은 참 아름다워 보였기 때문이다.

가끔 복도에서 부딪히거나 과방에서 그 선배를 만나게 되면 가슴이 뛰었다. 쉽사리 말을 건네지도 못했고 그저 보고 있는 게 다였다. 딱 한 번 그 선배가 먼저 커피 한잔 하자고 해서 학교 담장 옆 '심포니'라는 카페에 같이 갔다. 무슨 말을 했는지 기억도 잘 나지 않는다. 독문과에 오게 된 이야기, 처음 집회에 나간 이야기를 했다. 고등학교 때 읽었던 전혜린에 대해서도 말했다. 내가 그렇게 치열하게 살고 싶다고 하자, 그녀는 "전혜린이 관념적으로 치열했지"라고 답했던 것 같다. 정확히 들은 건지는 모르겠다. 그저 지나가듯 툭 던졌던 말이니까. 그런데 그 말이 머리에 남아 고민을 일으켰다. 관념적으로 치열했다는 게 뭘까? 그러면 실제적으로 치열하게 산다는 것은 무엇일까?

아마도 그때 난 '학생운동'에 살짝 들여놓은 발을 어떻게 뺄까 고민하고 있었던 게 아닐까 싶다. 난 이러려고 독문과를 온 게 아니다. 난 내가 좋아하는 일을 '치열하게' 하며 살고 싶다. 난 그러니까, 뭐랄까, 좀더 '관념적'으로 살고 싶었던 것일까? 그녀 전혜린처럼 그렇게 읽고 방황하고 고민하고 뭐 그렇게. 그런데 매일매일이 집회로 이어지던 그 즈음에 왠지 그만 끌려들어가고 싶었던 건지도 모르겠다. 정말 무엇이 '치열한 삶'인지, 무엇을 고민해야 하는지, 정리가 되지 않았을 때 그 선배의 말은 나를 잡아세웠다. 지금 내 앞에 펼쳐진 현실과 문제, 해야 할 일, 알고 싶은 것들에서 도망치면서 따로 무엇을 어떻게, 치열하게 살 것인가 싶었다.

그녀였기 때문이다. 조금도 소리 높여 설득하려 하지 않았던 그 선배였기 때문에 나의 두려움과 갈등을 돌아볼 수 있었다. 작은 목소리, 부드러운 말투가 가장 힘이 셌다. 그녀는 그런 뜻으로 말한 게 아니었을지도 모른다. 가르치려 한 것도 아니었다. 흔히 말하는 '조직화' 같은 것도 아니었다. 그저 내 얘기를 귀담아 들었고 자신의 생각을 가볍게 말한 것뿐이었다.

정작 그녀는 어떤 운동조직에도 속하지 않았고 늘 자발적으로 움직였다. 가고 싶은 집회에 참석했고 동료들, 후배들과 하고 싶은 일들을 했다. 흥미 있는 커리큘럼으로 세미나를 했고 취하지 않은 채 술을 마셨다. 오히려 내가 조금 더 깊숙이 '연대활동'을 주로 하는 학생정치조직에 몸을 담았고 이후로 그녀와 자주 마주치지 않았다. 그래도 여전히 복도에서 강의실에서 그녀를 보면 기분이 좋아졌다.

"결국은 아름다움이 우리를 구원할 거야." 대학에서 만난 아름다운 여성이자 스승, 현경 교수의 책 제목처럼, 내가 무엇을 선택하든, 누구와 함께하든 그건 결국 아름답기 때문이었다.

나는 우선 아름다워서 끌리고, 그런 다음 논리를 세우고 이유를 생각한다. 당시는 반대인 줄 알았다. 논리와 이유가 있어서 선택하고 함께하는 줄 알았다.

내 '아름다움'의 기준은 다양했고 엄격했고 변덕스러웠다. 아주 소수의 사람들이 하는 운동방식을 따랐고 그것에 자부심을 가졌다. 대규모 집회를 좋아하지 않았다. 많은 사람들이 외치는 구호를 따라하지 않았다. 뭐 "난 특별해" 하는 어쭙잖은 자의식이 전혀 없었다고는 말 못 하겠다. 그래도 그보다 더 큰 영향을 미친 건 끌림이었다.

대학시절 내내, 당시 주목받지 못했던 문제들을 사람들의 관심 안으로 가져오기 위해 마음 맞는 사람들과 무던히 노력했다. 사회적으로는 정권교체, 학내에서는 총학선거를 언급할 때, 우리는 원진레이온 노동자들의 산업재해 인정 요구를, 청량1동의 강제철거 현장을 말했다. 농활과 비슷한 '빈활'(지금 보니 마음에 드는 단어는 아니다)이라는 것도 만들어봤다. 아저씨들을 만나고 아주머니들과 얘기 나누고 아이들과 함께 시간을 보내기도 했다. 어떻게 하면 학생들이 대자보를 보게 할까 하는 고민을 했다. 만화도 그리고, 편지 형식으로도, 시처럼도 써봤다. 난 그 와중에도 늘 말투와 글투에 신경이 쓰였고, 거기에 끌리기도 하고 거북하기도 했다.

사람을 만나면 무엇보다 말투에 많이 좌우되곤 했다. 모교와 다른 학교의 연합 문학동아리 모임에 몇 번 나갔는데, 남녀공학인 그 학교의 분위기는 사뭇 달랐다. 막걸리 신고식. 고래고래 소리를 지르며 자기소개를 해야 했고 그런 후에 사발에 가득 담은 막걸리를 '원샷' 해야 했다. 낯설고 당황스러웠다. 저게 뭐 하는 짓이람. 저 군대식 소리 지르기와 막걸리 원샷이 문학과 무슨 상관이란 말인가.

내 차례가 되어 자리에 일어나 보통의 말투로 "안녕하세요"라고 입을 뗐다. "안 들려!" "다시 해!" 여기저기에서 난리가 났다. "조용히 해주시면 들릴 것 같습니다. 김여진입니다." 그렇게 말하고 자리에 앉았다. 다시 야유가 터지고 막걸리를 원샷 하라는 외침이 들렸다. 안 마셨다, 끝까지. 분위기가 잠시 싸늘해지더니 가장 나이 많은 선배의 중재로 다음 사람으로 차례가 넘어갔다. 어느 여학생이었는데, 그녀는 하던 대로 관등성명을 하고 막걸리를 마셔 분위기를 살렸다.

이후 그 동아리를 몇 번 더 나가면서 정말 수없이 충고를 들었다. 그렇게 분위기를 망치면 안 된다. 단체행동을 할 때는 따라야 한다…… 그래서 관뒀다. 그 어색하고 시끄러운 방식, 자신들이 저항하고자 하는 '군대문화'의 산물인 그 말투를 고집하고, 그게 무슨 단결인 양 주장하는 건 정말 바보같이 느껴졌다. 그 후에도, 아니 지금도 마찬가지다. 우리나라 어디에나, 진보든 보수든, 회사든 동호회든 할 것 없이 당연시되는 그 한결같은 '단체'의식에 적응을 못 한다. 전혀 아름답지도 않고, 끌리지도 않기 때문이다.

첫사랑

대학시절 함께했던 사람들은 비교적 조용한 사람들이다. 말보다는 글이나 그림에 더 능했던 사람들. 그 시절 처음 만난 남자친구도 조용하고 부드러운 말투를 가진 사람이었다. 시골에서 자라 느긋하고, 말보다는 늘 일을 하는 사람이었다. 학교 식당에서 설거지 아르바이트를 하고, 후배들과 학회를 꾸리고, 노점상분들에게 하루 한 번 꼭 찾아가 안부를 물었다. 노점상 철거현장에 혼자 가서 아줌마 아저씨 들과 함께 싸우다 구속되어 집행유예를 받을 만큼 강단이 있었지만, 예쁜 눈과 낮은 목소리를 가졌고 단 한 번도 언성을 높이지 않았던 사람이었다.

핸드폰이란 건 세상에 없었고, 삐삐도 나만 가지고 있었다. 만나기조차 쉽지 않던 연애였다. 집회현장에서, 철거현장에서 얼굴을 봤다. 대신 매일매일 편지를 써 만날 때마다 건넸다. 꽤 늦은 밤, 이래저래 힘들었던 하루를 마치고 하숙집으로 가면 가끔 약간 취한 그가 집 앞에서 날 기다리곤 했다. 눈이 많이 오던 날 밤, 어깨가 하얗게 되어서는 나를 보고 활짝 웃던 모습이 기억에 남는다. 전혀 고프지 않게 나를 사랑해주었던 사람. 첫사랑.

그가 내게 했던 당돌하고 꾸밈없는 고백에 "미안하지만 그냥 좋은 선배로 남아주세요"라고 거절했었다. 그는 좀 풀이 죽은 듯했지만 더 이상 매달리거나 불쌍한 피해자의 얼굴을 내보이지 않았다. 한 달쯤 지났을까, 어쩐지 좀 궁금해졌고 우연히 집회에서 만난 그가 신경 쓰였다. 아무 일 없다는 듯이 구김 없이 환하게 웃던 얼굴이 괜히 예뻐 보였다. 어디서 다쳤는지 절뚝거리는 다리가 눈에 밟혔다. 정말 아무 일 없다는 듯이 말 걸고 커피도 한 잔 뽑아주고, 그러곤 또 휙 어디론가 사라져버리는 그를 계속 쫓고 있는 내 시선이 당혹스러웠다.

그 '스스럼없음'이 좋았다. 고백했다가 차일까 두려워하지 않는 모습, 차였어도 크게 개의치 않는 태도, 맘껏 좋아하되 매달리거나 요구하지 않는 마음. 밤샘 집회가 끝나고 새벽 전철을 타고 가면서 데려다달라고 말한 건 나였다.

두 사람의 연애를 밝히자 많은 선배들이 우려를 표해왔다. 당시 학생운동을 하던 사람들 사이에서 연애란 금기였다. 나도 그도 할 일이 많은 사람들이었다. 일에 소홀해질까봐 걱정했고 둘 사이가 나빠지면 어수선해질 분위기도 걱정했다. 확실히 연애를 하면 활동을 하는 데 집중력이 떨어지기도 한다. 하지만 그도 나도 그런 우려들을 대수롭지 않게 넘기려 애썼다. 사실이었다. 회의가 길어지고 만날 시간이 줄어드는 게 짜증이 났고 간혹 싸우거나 했을 때 다른 사람들이 금세 알아챌 정도로 감정을 숨기는 데도 서툴렀다. 그래도 난 그렇게 함께할 수 있어서 좋았다. 그래서 더 버틸 수도 있었다. 연애는 계속되었고 전염되기도 했다. 다들 쉬쉬했지만, 여기저기서 커플들이 생겨나고, 깨지기도 하고, 그렇게 시절이 흘러갔다.

청량1동 철거촌에서 며칠 동안 여러 학생들이 묵고 있을 때였다. 용역깡패들이 전투경찰들과 함께 동네를 쳤던 새벽. 겁에 질려 꼼짝 못하던 나는 가장 먼저 잡히고 말았다.

끌려가며 엄청 맞았다. 경찰서 유치장에 갇혀 꼬박 이틀을 보냈다. 기소혐의는 '폭력'. 얻어맞기만 하다 끌려온 나로서는 참 멋쩍은 죄명이었다. 담당 경찰이 사진들을 가져왔다. 아는 얼굴을 대라고 했다. 침묵하고 있던 내 눈앞에 남자친구의 사진을 들이댔다. 눈물을 쏟을 뻔했던 순간이었다. 그렇게 애틋했다.

그럼에도 그 사람을 떠난 이유는 '지루함'이었다. 한결같은 마음에 대해 소중하다, 소중하다 생각하면서도 마음은 자꾸 멀어졌다. 운동을 그만두고 연극을 시작하면서 내게 펼쳐진 새로운 세상이 어찌나 매혹적인지 난 그를 포함한 대학생활 4년을 아무 미련 없이 떠나보냈다. 뒤도 돌아보지 않았다. 힘들 때도 있었고 외로울 때도 있었지만 그 모든 것을 포함한 '새로운 세상'이 있었다. 그의 슬픈 얼굴이 더 이상 슬프게 느껴지지도 않았다. 그저 귀찮아질 뿐이었다. 나중에 훨씬 더 시간이 흐른 뒤에야 그때 그 마음을 헤아리게 되었다. 그래서 울었다. 미안하고 안타까워서. 그래도 그때는 그럴 수밖에 없었다는 걸 알아서.

첫사랑은 많은 걸 결정지어주었다. 그와의 연애가 내게는 연애의 전형이 되었고 그로 인해 이후의 연애는 힘들 때도 많았다. 알게 모르게 자꾸 비교하게 되었다. 함께 나눈 시간, 그 속에서 그가 내게 보여준 친밀함이 당연한 기준이 되어 그렇지 못한 경우 불만스러워지곤 했으니까.

하지만 스무 살 그때, 사랑을 해야 할 나이였다. 사랑하면서 자기가 어떤 사람인지 알아야 하는 나이였다. 세상도 바꿔야 하지만 무엇보다 자신을 돌아봐야 할 나이였다.

미색 천장의
기억

그 천장을 기억한다. 눈을 가늘게 뜨고 보면 미색의 천장에 실낱같은 무늬들이 떠돌았다. 창밖으론 비가 내렸고 방 안 공기는 차가웠다. 조용했고 외로웠다. 대학시절 내내 함께 했던 사람들에게 난 이제 같이 가지 않을 거라고 말한 뒤였다. 이유는 힘들어서였다. 고통스러운 사람들을 보는 것도, 그들과 함께 몸 고생을 사서 하는 것도, 최루탄, 전투경찰, 그 소스라치게 끔찍한 폭력의 한가운데서 버티는 것도 괴로웠다. 수많은 논의 속에서도 쉽게 찾아지지 않는 조금 다른 진영들과의 합의도, 그래서 오히려 더 미워했던 마음도, 혼자만의 시간이나 남자친구와의 시간 내내 무겁게 깔리는 죄책감도 다 힘에 부쳤다.

설명을 그렇게는 못 했다. 훨씬 되도 않는 이유들과 자기 합리화를 갖다붙여 너덜너덜하게 말했다. 여성운동을 하겠다고 했다. 그것도 학문으로서의 여성학을 공부하는 것으로 내 삶의 운동 방향을 잡겠다고 했다. 여성학 대학원 시험 준비도 했다. 그러나 그건 다 제스처에 불과했다. 당시 내 성적으로는 8대 1의 경쟁률을 보인 대학원에 합격한다는 게 말도 안 되는 일이라는 걸 잘 알고 있었다. 취직이란 것도 불가능했다. 아니 하고 싶지 않았다. 출퇴근하는 것도, 조직생활을 하는 것도 전혀 관심 밖이었다.

그저 혼자 있고 싶었다. 무엇도 아닌 나로 있는 시간이 필요했다. 대학입시를 준비했던 시간, 운동을 했던 시간, 다 내가 선택하고 달려온 시간이긴 하지만, 잠시 아무것도 하지 않고 무엇도 준비하지 않고 가만히 있고 싶었다. 당시의 나는 무척 가라앉아 있었다. 대학시절 내내 하던 일을 그만둬서이기도 했지만, 내내 만나던 남자친구는 뜬금없이 사면복권이 되어 군대를 가버렸다. (당시에는 집행유예 1년 이상을 받은 전과자는 군대를 못 갔다.)

그동안 펑크 난 학점을 메우느라 4학년 마지막 학기에 남들의 두 배가 넘는 수업을 듣고 다녔다. 동기들은 열심히 취업 전선에서 뛰고 있을 때 난 나름 충실한 레포트를 쓰느라 도서관 열람실에서 열심히 책을 뒤지고 있었다. 그러면서 잠시 들었던 후회. 참 재미없어 보였던 대학과 공부였는데 그래도 열심히 했더라면 그런대로 재미를 느낄 수도 있었겠구나 싶었다. 그렇게 혼자 수업 듣고 혼자 공부하고 혼자 밥을 먹었다.

자취방에 돌아와서는 주로 책을 읽었고 간간이 음악을 들었다. 고등학교 때 듣던 음악을 다시 듣게 됐다. 대학 내내 새로운 음악을 접할 기회가 거의 없었기 때문이다. 다시 조동진과 산울림과 들국화를 들었다. 간혹 너바나나 스매싱 펌킨스를 들었다. 듣던 음악만 반복해서 들었고, 보던 책만 반복해서 읽었다. 바닥에 널브러져 누워 천장을 보았다. 해가 질 때 방 천장의 색이 달라지는 것을 가만히 바라보고 있었다. 몸이 천천히 가라앉는 느낌이었다. 깊은 우물 속으로 천천히…… 우울하지도 슬프지도 않았다. 그 조용한, 아무렇지 않은 평화를 즐기고 있었다. 결국 태어나 처음으로 혼자가 된 것이다.

가끔 '죽을까?' 생각이 든 건, 오히려 더 바랄 게 없다는 판단 때문이었다. 더 하고 싶은 일도, 갖고 싶은 것도 없었다. 인생에서 더 기대할 것이 없었다. 이렇게 가만히 있다가 그대로 잠들듯이 인생이 스르륵 막을 내린다 해도 아무 미련이 없었다. 어쩌면 행복한 건지도 몰랐다. 꼭 해야 할 일도, 꼭 나여야 할 이유도 없어. 인류역사라는 큰 강물 속에 그저 한 방울의 물에 불과하잖아. 내가 '아무것도 아니'라는 자각. 그게 슬퍼할 일도 허무해할 일도 아닌 자명한 사실로 다가왔다.

그 자각은 이윽고 해방감으로 바뀌었다. 꼭 무엇이 돼야, 무엇을 해야 할 필요 없다. 그렇다면 난 자유다. 아무거나 해도 되고 아무것도 하지 않아도 된다. 그저 내가 하고 싶은 일을 내가 하고 싶은 만큼 하면 된다. 재미있게 살면 된다. 그게 죽는 것보다 훨씬 편한 일이겠다. 부모님의 기대, 주변의 칭찬에 얽매이지 않겠다. 욕먹는 것쯤 아무 문제도 아니다. 그런 생각이 들수록 마음은 가벼워졌고 가만히 누워 천장만 바라보는 상태가 전혀 나쁘지 않다고 생각되었다. 그렇게 대학생활의 마지막 학기를 보냈다.

여성학 대학원 시험을 치긴 쳤다. 합격이 될 가능성은 없어 보였다. 그때 읽은 책 중에 『나는 나』라는 게 기억난다. 한 여자의 이야기. 중산층의 가정에서 자라나 공부하다 의사인 남자와 결혼을 한다. 그러나 행복하지 않다. 생활의 요소 하나하나가 그녀에게 맞지 않는 옷처럼 느껴진다. 일상적인 모욕과 무시를 참아낸다. 거칠고 일방적인 성생활에 괴로워한다. 아이가 태어난다. "안아주어야 한다"라는 의무감에 아이를 안을 뿐 '모성애'를 느낄 수 없어 당황한다. 남편의 친구인 의사에게 성추행을 당하지만 남편은 오히려 그녀에게 화를 낸다. 결국 이혼하게 된다. 아이와 함께 살아내는 세월은 만만치 않다. 그러나 그녀는 조금씩 자기를 찾아간다. 자신에게도 아이에게도 좀더 솔직해진다. 그녀의 자립 과정 중에 그녀가 이렇게 결심하는 장면이 나온다. "무엇도 두려워하며 살지 않겠다. 미래의 위험에 대비 못 할까봐 전전긍긍하지 않겠다. 정 안 되면 화장실 청소를 하며 살아도 상관없다. 어떤가? 몸을 움직여 노동하고 적은 돈을 받아 가난하게 살더라도 웃으며 당당히 살겠다." 이렇게 결심하며 보험을 다 깨고 그 돈으로 아이와 멋진 여행을 떠난다. '두려움 없는 삶'을 살겠노라 결심하고 선언하고 실천에 옮기는 그녀가 부럽고 감탄스러웠다.

생각해보았다. 무엇을 하며 살 것인가? 당시 꼭 하고 싶은 일도, 꼭 해야 할 일도 없던 터라 무엇을 해도 상관없겠다는 마음이었다. 내가 무엇을 좋아하나 떠올려보았다. 가장 먼저 떠오르는 건 책이었다. 공부를 한다거나 시험을 쳐야 한다는 부담감 없이 내키는 책을 펴들고 누웠다 앉았다 하며 읽는 것을, 그렇게 시간을 보내는 것을 가장 좋아했다. 음악은 좀더 제한적이었다. 싫어하는 음악이 훨씬 많았다. 좋아하는, 아주 적은 몇몇 음악을 빼놓곤 그냥 조용한 게 나았다. 많은 친구를 원하지도 않았다. 대부분의 만남이 즐거운 건 처음 두어 시간 정도였다. 그 이상을 함께 있게 되면 딱히 할 얘기도 없고 듣는 데도 집중력이 떨어진다. 멀리 여행을 가고 싶다는 열망이 강한 것도 아니었다. 이렇게 따져보니 좋아하는 것조차 그리 많지 않았다. 게다가 돈이 많이 드는 것도 아니었다.

그러다 생각난 게 자판기였다. 커피자판기. 커피도 내가 좋아하는 것 중의 하나였다. 약속이 있어 나설 때면 가다가 어느 자판기에서 커피를 뽑아 마실 시간 계산을 할 정도였다. 지하철역마다 자판기 커피 맛을 외우고 있었다. 그래서 든 생각이 커피 자판기 운영이었다. 돈을 모아 목 좋은 곳에

서너 대쯤 자판기를 놓고 최대한 위생적으로, 맛있는 커피가 나오게 관리를 하자. 아침에 자판기를 돌면서 동전을 수거하고 깨끗이 청소하고 커피를 채워넣고 은행에 그날그날의 수입을 입금해두자. 해야 할 일은 그것뿐이다. 그리고 남는 시간은 책을 보거나 발길 닿는 대로 지칠 만큼 걷고 돌아와 소박한 밥을 지어먹고 다시 책을 읽다가 잠들자. 그렇게 단순하게 살자.

물론 이 꿈 같지 않은 꿈도 이루기는 어려웠을 거다. 자판기를 운영하는 것도 웬만한 곳은 다 '무슨무슨 회'라는 곳에서 하고 있었고, 아무튼 목 좋은 곳에 자판기 세 대를 놓을 돈도, 방법도 갖고 있지 못했으니까. 주변에서도 나를 가만두지 않았겠지. 일단 비싼 등록금에 생활비까지 들여 공부시켜주신 부모님의 실망도 이루 말할 수 없을 것이고 모든 사람이 날 한심스럽게 보는 것도 익숙지 않은 경험이었을 테니. 무엇보다, 내가 그 '단조로움'을 얼마나 즐길 수 있었을까? 아마 얼마 못 견뎠을 거다. 그래서 무엇이든 하려고 뛰어들었겠지.

다만 그렇게 사는 모습을 그려보는 것만으로도 내 맘은 평화로워졌다. 쓸데없는 건 아무것도 가지지 않고, 어쩔 수 없이 해야 하는 일 같은 건 전혀 없는 삶, 단순하고 게으르고 아무 의미 없는 삶. 내 삶의 기본방향 같은 게 슬며시 떠올랐다. 눈을 가늘게 뜨고 보면 어렴풋이 떠오르던 미색 천장의 실낱같은 무늬들처럼.

:
유리가면의
그녀는
무엇으로
사는가

연극 〈여자는 무엇으로 사는가〉의 포스터에 끌렸다. 드라마로 이미 인기를 끈 작품이라 좀더 친숙하게 느껴졌다. 마산에서 서울까지 와 4년을 공부하면서 연극이란 걸 한 번도 본적이 없었다. 마산에는 '마산'이라는 극단이 있었다. 한 번인가 공연을 봤는데 무슨 내용인지 잘 알 수가 없었다. 대사가 대부분 뜻을 알기 어려운 시 같았고 여주인공은 발레 비슷한 춤을 췄던 게 기억날 뿐이었다. 또 내 또래 여자라면 누구나 보았던 만화, 연극이 배경으로 나오는 『유리가면』을 무척 좋아했었다. 이게 내가 '연극'이라는 분야를 접해본 것의 전부다.

대학로에 있는 '인간극장'이라는 작은 소극장에서 〈여자는 무엇으로 사는가〉를 보았다. 더블 캐스팅인 공연이라 포스터에는 열 명의 여자배우 사진이 있었는데 무대에 등장하는 배우는 다섯이었다. 엄마와 두 딸 영건과 영채, 한때 아버지의 애인이었으나 지금은 엄마의 친구가 되어버린 '이모', 첫째딸 영건의 친구.

무대는 빠르게 바뀌어간다. 젊은 엄마의 모습에서 큰딸의 대학시절, 열여덟 둘째딸의 결혼선언, 비루해진 일상, 죽음…… 마법 같았다. 불 한 번 꺼졌다 켜지는데 시간은 튀고 장면은 바뀌고 인물들은 나이를 먹어가며 울고 웃었다. 배우들이 나와 인사를 하고 객석에 불이 켜졌다. 사람들이 하나 둘씩 눈물을 닦으며 나가고 있었다. 난 자리에서 일어설 수가 없었다. 그렇게 사람들이 다 나가기를 기다렸다. 객석을 정리하러 온 사람에게 물었다. 어떻게 하면 극단에 들어갈 수 있냐고.

공연을 올리고 있던 극단은 '봉원패'라는 신생극단으로 단원을 모집하고 있었다. 사실 그렇게 물으면서도 내가 입단을 할 수 있을 거라고는 생각 못 했다. 연기를 해본 적도, 연기 공부를 해본 적도 없는 사람을 대학로에서 정식으로 공연을 올리는 프로 극단에서 뽑아줄 리는 없을 것 같았다. "포스터 붙여드릴게요." 서둘러 덧붙였다. 연기를 하겠다는 생각보다 그저 '연극'이라는 걸 좀더 알고 싶었다. 어차피 할 일도 없던 때였다. 내일 다시 와보라고 했다.

나중에 들은 얘기지만, 내일 다시 와보라고 하면 대부분은 나타나지 않는다고 했다. 집으로 돌아가 밤을 지내고 나면 정신을 차리게 된다고 했다. 누구나 상식처럼 알고 있다. 연극이란 배고픈 분야라는 걸. 연극배우란 자신의 열정을 소모하며 살아가는, 무대 위에선 아무리 멋있어 보여도 현실은 궁핍하기 짝이 없다는 걸. 그래서 누구나 한때의 객기로 해보겠다고 결심할 순 있어도 단 하룻밤이면 현실로 돌아오게 된다는 것이다.

난 다음날 아침 그곳에 다시 갔다. 아무런 기대도 없었기 때문이다. 배우가 되고 싶다는 생각도 없었다. 이 일을 평생하겠다는 마음도 없었다. 그저 한번 경험해보고 싶었다. 해보고 싶은 만큼, 할 수 있는 만큼만 해보자 했다. 그날부터 오전에는 포스터를 붙이고 오후에는 공연을 봤다. 같은 공연이었지만 매일 배우의 조합이 달랐으므로 볼 때마다 다른 느낌이었다. 그렇게 볼 때마다 다른 재미를 느낄 수 있다는 게 신기했다. 처음에는 웃고 울며 보았고 나중에는 조금씩 분석도 하게 되었다. 배우들의 느낌이 어떻게 다른지, 초반의 흐름이 어떻게 변해가는지, 관객의 반응에 따라 연기가 어떻게 달라지는지.

포스터 붙이는 일은 쉽지 않았다. 사는 곳이 신촌이라 포스터를 붙이는 구역도 신촌 일대였다. 모교 근처로는 안 가고 싶었지만 할 수 없었다. 누군가 꼭 지적을 했다. 포스터를 붙일 수 있는 곳에 안 붙어 있으면 야단을 맞았다. 아는 사람을 만나게 될까 늘 신경이 쓰였다. 집에는 그날그날 다 붙이지 못한 포스터들이 쌓여갔다. 내가 내가 아닌 것 같았다. 이렇게 생활하는 내가 여태의 나와는 다른 인물인 것 같았다. 그야말로 캐릭터를 연기하고 있다는 느낌이었다.

예를 들어 연기지망생 '오유경(만화 『유리가면』의 한국어 해적판 여주인공)'을 연기하며 살고 있는 거라 생각했다. 그녀가 그랬듯이 무대를 동경 가득한 눈빛으로 바라보고 1월의 추운 날씨에 언 손을 부비며 포스터를 붙이고 길거리에서 전단지를 나눠준다. 싸늘히 무시하고 지나가는 사람들에게서 약간의 실망을 느끼지만 그래도 굴하지 않고 열심히 해야 할 일을 하고, 틈 날 때마다 중얼중얼 대사를 외워본다.

그런 유치한 감각이 내게는 있었다. 어려서부터 그랬다. 책을 읽고는 그 주인공이 된 양 며칠을 지내곤 했다. 청소년용 『대지』를 한 백 번쯤 읽고는 내가 살고 있는 곳이 시골 농촌마을이라는 상상을 했다. 닦기 싫은 방바닥을 걸레질하며 내가 이른 새벽 밭을 매고 있는 여주인공 '오란'이라고 생각했다. 동생들과 함께 쓰는 이층침대가 초라한 오두막이라고 여겼다. 학교에서 청소를 할 때도 내내 그런 식으로 상상하며 열심히 했다. 중학교 때 시험성적과 등수에 얽매여 공부하면서 내가 대학에서 열심히 수학과 물리학을 공부하고 있는 마리 퀴리라고 여겼다. 그녀처럼 밥 먹는 것도 잠자는 것도 잊고 문제 하나를 푸는 데 열중해보리라. 물론 잘되진 않았다. 그래도 덜 괴롭게 공부할 수 있었던 건 사실이다.

그렇게 스스로를 다른 인물이라고 생각하고 생활하면, 남들 눈엔 어떻게 비칠지 모르지만 (분명 어딘가 우스꽝스러운 구석이 있었을 것 같다) 일상이 견딜 만해졌다. 책속의 인물들이 괴로움을 겪듯이 나도 겪는 거고 그건 하나의 이야기니까, 또 실제로는 그다지 괴롭지 않게 된다. 오유경이 한 것처럼 나도 하면 되는 거였다. 오유경처럼 열정적으로 매회 공연을 열심히 보았더니 대사도 거의 다 외워버렸다.

어느 날,
갑자기,
데뷔 무대

당시 〈여자는 무엇으로 사는가〉를 공연했던 배우들은 극단 봉원패의 단원들이 아니었다. 이미 대학로에서는 그 실력을 인정받은 그야말로 '프로' 배우들이었다. 그중 관객들을 가장 많이 웃기고 울리는 막내 영채 역에는 탤런트 김정난 씨와 박상아 씨가 더블 캐스팅되었다. 김정난 씨는 청춘물의 스타로 이미 잘 알려진 배우였고, 박상아 씨는 여기저기 예능 프로에서 봤던 얼굴이었다. 큰 키에 맑고 예쁜 얼굴을 가진 그녀의 '영채'는 확실히 김정난 씨의 연기보다 많이 서툴렀지만 나름의 매력이 있었다. 선배들도 처음엔 야단도 많이 쳤지만 나중엔 그녀의 '영채'도, 그녀 자체도 귀여워해주었다.

그런 그녀가 제1회 슈퍼탤런트 대회에 나갔다. 무대에서 했던 연기를 선보였고 대상을 받았다. 1회 대회였던 만큼 큰 관심을 얻었고, 드라마 캐스팅 등 많은 부상이 주어졌다. 집에서 TV로 보고 나도 환호했다. 다음날 극단 전체가 들떠 있었다. 매표소에서도 여느 때보다 훨씬 빨리 표가 매진이 되었다, 보조석까지 꽉 찰 것 같다는 말을 전했다. 나는 무대를 청소하고 의상을 준비해놓고 몇몇 단원들은 대표님의 지시대로 큰 꽃다발도 준비해두었다.

그런데 그녀가 나타나질 않았다. 배우들은 보통 공연시간 두 시간 전쯤부터 준비를 시작한다. 공연 30분 전부터는 관객이 입장하므로 배우는 아무리 늦어도 한 시간 전에 와야 분장을 마치고 의상과 소품을 준비해둘 수 있다. 그런데 관객들이 입장하고 있는데 그녀가 나타나지 않은 것이다. 조연출이 아무리 전화해도 받지 않았다. 공연 15분 전 대표님이 날 찾았다. "대사 다 외우지?" "네……" "공연 시작을 늦추긴 할 텐데, 일단 모르니까 분장하고 있어라."

그녀는 끝내 나타나지 않았고 공연의 막이 올랐다. 대표님한테 난 단 한 번도 연극을 해본 적이 없다고, 배워본 적도 없다고 했다. 그냥 관객들에게 사실을 말하고 양해를 구해야 되지 않느냐고 했다. "일단 해봐. 하는 거 봐서 정 안 되겠다 싶으면, 그때 불 끄고 막 내리고 얘기할 테니까. 잘하라고 안 해. 그냥 해봐." 그렇게 내 데뷔 무대는 시작되었다.

불 꺼진 무대 뒤에서 숨쉬기도 어려웠다. 분명 망칠 거다. 목소리도 안 나올 거다. 아니 대사가 기억날 리 없다. 그리고 이 무대는 끝날 거다. 그래도 괜찮다. 사람들은 내가 누군지 모른다. 잘 못해도 혼낼 사람 없다. 이렇게 스스로 괜찮다, 괜찮다, 아무리 읊조려도 한 번도 서보지 않았던 무대를 밟는다는 건, 아래에 뭐가 있을지 모르는 깜깜한 절벽에서 한 발을 더 내딛어야 하는 순간 같았다.

내 차례가 되었다. 언니 역할의 선배가 내 손을 꼭 쥐고 불 꺼진 무대 위로 가 내 자리에 앉혔다. 나는 열여덟, 철딱서니 없는 영채. 엄마가 심란한 얼굴로 "그래, 너 아까 얘기하던 거, 언니 앞에서 다시 해봐"라고 하면, 다짜고짜 "나 결혼한다구, 나 결혼할 거야, 아무리 말려도 소용없어, 난 결혼할 거니까!" 선언을 하는 게 내 첫 대사였다. 객석에서 웃음이 터져나왔다. 아, 내가 대사를 해도 관객들이 웃어주는구나. 그러고 나니 떨림은 잦아들었다.

백 번 가까이 봤던 공연이었다. 늘 그 대사 뒤엔 관객들이 웃는다는 걸 알고 있었다. 누군가 킥킥거리며 웃을 때도 있었고 큰 웃음이 터질 때도 있었다. 그다음부터 나름대로 할 수 있는 연기를 했고 (지금 생각하면 민망해서 사라져버리고 싶은 수준이지만) 그 무대를 끝까지 해냈다. 마지막 커튼콜 때 대표님이 무대 위로 올라왔다. 나의 데뷔 무대라며 (원래 박상아 씨의 것이었을) 꽃다발을 안겨주었다. 모두들 잘했다고 등을 두드려주었다. 어느 날, 갑자기, 난 '배우'가 되고 말았다.

그렇게 시작한 연극 〈여자는 무엇으로 사는가〉를 한 1년 했다. 누구든 무언가 매일매일 두 번씩 1년을 하다보면 어느 정도 요령이 생긴다. 연출가도 손을 뗀 상태였다. 선배들이 가르쳐주고 관객들이 일러줬다. 이렇게 하면 웃는구나. 이렇게 하면 우는구나. 이렇게 하면 더 크게 웃는구나. 얼마 동안은 마지막 장면에서 울부짖으며 죽어갈 때, 실제로 눈물이 많이 난 날은 잘한 것 같았고, 그렇지 않으면 실패한 공연 같았다.

선배들이 감정은 충분히 가지되 참고 절제하는 게 관객들을 더 슬프게 하는 거라고 여러 번 말해주었지만 쉽지는 않았다. 일단 감정이 충분히 잡히는 것도 잘 안 되었으니까. 개

인적으로 뭔가 일이 있어 좀 울적한 기분일 때는 확실히 잘
되긴 했다. 쉽게 슬퍼지니까 오히려 참게 되었다. 그러니 평
소 때도 늘 좀 가라앉아 있으려고 애썼다. 슬픈 책, 슬픈 음
악, 슬픈 그림. 그렇게 울적한 모드를 유지하려 했다. 주로
혼자 있었고 말을 아꼈다. 연기의 다른 요소들, 이를테면 정
확한 발음, 자연스러운 억양, 호흡 등을 익히게 된 건 훨씬
뒤의 일이다.

　당시 극단의 다른 단원들하고 사이가 좋지 않았다. 난 그
냥 그들의 질투라 여겼다. 연극영화과나 예대를 나온 것도
아니고, 대학로에서 뭔가 해본 경험도 없는, 요새 말로 '듣
보잡'인 애가 어느 날 대단한 선배들과 한 무대에, 주인공 중
의 한 명으로 서는 것을 보자니 배가 아파 그러는 거라 생각
했다. 사실은 내가 그들과 가까워지려 노력하지 않은 탓이
더 크다. 연기에 대한 관심은 컸지만, 또 워낙 사교랄까, 인
간관계에 무심했다. 선후배 사이의 예의(연극계에서 이건 무척
중요하다)에도 무지했고, 흔히 말하는 '군기'에는 거부감만
들었으니 말이다. 이유를 모르는 채 왕따를 당하곤 했다. 알
고 보면 오해였거나, 인사를 건성으로 했거나, 선배가 다 참
석하라고 한 술자리에 빠졌거나, 뭐 그런 일 때문이었다. 극

단에서 제일 어리고 예쁘장한 남자아이가 날 많이 좋아하고 따랐는데, 그것도 이유 중의 하나였다. 그렇게 정말이지 만화에서 본 듯한 상황들을 겪고, 또 은근히 즐기면서 첫 연기 경험을 하고 있었다.

연극배우로
산다는
것

연극배우 일을 하면서 부모님의 반대가 크지 않았냐는 질문을 받곤 한다. 사실 생각보다 크진 않았다. 일단, 내가 그 일을 한다는 걸 그리 심각하게 받아들이질 않으셨다. 대학원 공부를 한다던 딸이 갑자기 연극을 한다니 처음에는 웃으셨다. "네가 무슨……" 그러다 무대에 서는 모습을 보고 신기해하셨다. 오래할 일은 아니라고 하시면서도, 마치 재롱을 보듯 무대에서 딸 보는 걸 좋아하셨다. 대학시절부터 묵었던 자취방에 계속 있을 수 있게 해주고 생활비도 조금 보태주셨다. 딱 1년이다, 못박으셨지만 그때부터 3년을 더 도와주셨다.

연극을 하면서 번 돈은 1년에 백만 원 정도밖에 안 됐다. 극단 단원이라도 극단이 돈을 벌어야 차비라도 좀 받는 것이고, 아니면 말고였다. '프로 배우', 그러니까 연기력과 대중성을 인정받아 적은 돈이라도 계약을 하고 무대에서는 경우는 데뷔 이후에도 한참이 지나서다. 다른 극단이나 프로덕션에서 섭외를 받아야 하니까. 당시 내가 함께 무대에 섰던 배우들은 프로 배우였고 나는 '극단 배우'였다. 언젠가 연기로 돈을 벌어 먹고살 수 있는 날이 올지도 미지수였다. 사실 나처럼 무대에 대뜸 서버리는 경우도 드물지만, 그렇게 돈을 벌 수 있는 배우가 되기란 더 어려운 일이었다.

연기에 대한 열정을 가진 많은 사람들이 기다리고 버텨야 하는 시간들은 상상 외로 길다. 대부분 포기하고 말 수밖에 없는 시간이다. 평생 가난하게 살 각오가 필요한 직업이었다. 거기다 가끔 소위 '뜬' 배우들을 볼 때면 느끼게 되는 박탈감도 무시할 수 없다. 같은 학교 연영과를 나와 함께 시작했는데 누군가는 영화와 텔레비전 등에서 얼굴을 알리게 되고 그런 사람이 연극을 하면 대우 또한 완전히 달라진다. 연기력만으로 승부가 나는 것도 아닌 셈이다. 그러니 연극을 하며 산다는 건 몸도 마음도 꽤 고달픈 일이다.

그래도 그때 난 행복했다. 부모님의 도움이 있어서 몸 누일 작은 방 하나가 있다는 게 참으로 다행이었고 어쨌건 무대에 섰기에 차비 정도는 벌 수 있었다. 밥은 극단에서 해결하면 되었고, 사고 싶은 것도 별로 없었다. 요즘처럼 핸드폰이 있는 것도 아니고, 외모에 신경 쓰지도 않았다. 수중에 한푼도 없어 신촌에서 대학로까지 걸어다닐 때도 있었다. 그래도 계속 이렇게 살아도 좋아, 하고 여길 정도로 충분히 누렸다. 주위 사람들이 내 미래에 대해 걱정하는데 난 별로 걱정되지 않았다. 얼른 유명배우가 돼야겠다는 생각도 없었고 이 일을 언제까지 하겠다는 계획도 없었다. 연기를 하는 건 흥미롭고 즐거운 일이었고 할 수 있을 때까지 해볼 작정이었다.

처음에 시작했던 극단에서는 〈여자는 무엇으로 사는가〉와 〈마담 민여옥〉, 이렇게 두 작품을 하고 그만뒀다. 앞서 얘기한 왕따 문제도 심각해졌고 극단 단원들로만 만들어 올렸던 두번째 작품이 여러모로 실패였던 터라 분위기도 영 좋지 않았다. 나로서는, 신생극단이었으니 고만고만한 단원들속에서 더 이상 배울 게 없겠다고 생각하기도 했다. 그만두고 대학로 여기저기를 구경했다. 워크숍도 하고 공연도 보러 다녔다. 그렇게 20년 전통의 '연우무대'를 알게 되었고, 오디션을 보고 들어갔다.

또 운이 좋았다. 연우무대는 문성근, 송강호 등 최고의 배우들을 배출한 극단이었고 여러 주옥같은 레퍼토리들을 가지고 있었지만 다른 극단과 마찬가지로 경영난을 겪고 있었다. 그런데 내가 들어간 그해가 연우무대 20주년이 되는 해여서 특별히 많은 기념무대가 지원을 받아 기획되었다. 다른 장르와 무대에서 활약하고 있던 많은 선배들이 돌아와 연우무대 레퍼토리 중 가장 인기 있었던 작품을 준비하고 있었다.

들어가서 처음 했던 작품은 〈길 위의 가족〉이었다. 기형도의 시를 회화처럼 표현한 작은 소품이었다. 그 작품에서 난 아주 작은 역을 맡았다. 아이 3. 다른 '아이들'과 함께 무대 위에서 뛰어다니며 놀면 되는 역할. 대사는 없었다. 그 작품 이후 오디션을 통해 20주년 기념 앙코르 공연 〈칠수와 만수〉〈날 보러 와요〉(영화 〈살인의 추억〉의 원작이다)에서 배역을 맡을 수 있었다. 그제야 난 진짜 배우가 된 느낌이었다. 일단 연출가가 있었고, 정식으로 연습과 리허설의 시간을 가질 수 있었다.

예술의전당 자유소극장 무대에 섰을 때의 느낌도 남달랐다. 최고의 극장에 서본다는 생각에 우쭐했다. 대부분 남자 선배들이었는데, 나를 아껴주었다. 우리말을 우리말처럼 하는 법, 흔히 보던 '연극 톤'이 아닌 일상적이고 힘 있는 화법과 발성을 배울 수 있었다. 슬픔만이 아닌 여러 디테일한 감정들, 캐릭터를 만들어가는 법도 배웠다. 배움은 즐거웠고 무대는 영광스러웠다.

그렇게 두 공연을 마치고 나자 다른 극단에서 섭외가 들어왔다. 고故 박광정 선배 연출의 〈마술가게〉. 계약서라는 것도 써보고 계약금도 받았다. '프로 배우'가 된 것이다. 배역은 마네킹이었다. 마네킹이라니. 그야말로 마네킹이었다. 의상실에 있는 마네킹. 어느 날 밤 두 도둑이 동시에 의상실을 털러 왔다 마주치고, 티격태격하고 으스대며 서로 제 자랑을 하다 신세한탄에 꿈까지 얘기하게 된다는 내용이다. 나는 그곳에 있는 마네킹이었다. 당연히 대부분의 시간을 가만히 서 있었다.

가끔 극중극, 그러니까 두 도둑이 과거나 꿈 이야기를 할 때 그 이야기 속 상대역을 했다. 아는 동네 여동생, 유한마담 패션모델, 불쌍한 아내. 무대에서 대사를 하는 시간은 전부

합쳐도 15분이 될까 말까, 나머지 시간은 그냥 가만히 꼼짝 않고 서 있는 거다. 호흡도 작게 하고 눈 깜박임도 최대한 줄인 채로. 이렇게 다른 역할과는 전혀 다른 기법의 연기를 하게 된 것도 나로서는 행운이었다. 무대에서 눈에 띄지 않는 법을 익힌 것이다. 관객들은 처음엔 신기해서 자꾸 쳐다보지만 어느 순간부터 내 존재는 잊힌다. 그러다 갑자기 다른 역으로 무대 한가운데 등장해 말을 하고 연기를 할 때 집중도는 매우 높아진다. 그전에 숨죽이고 있으면 있을수록 이후의 움직임은 효과가 커진다. '힘 조절'을 익힐 수 있는 멋진 역할이었다.

프로 배우라곤 해도 배우들 중 막내였기 때문에 해야 할일은 여전히 많았다. 분장실과 무대를 청소하고 소품을 챙겼다. 극장에 가장 먼저 나오고 가장 늦게 나갔다. 그즈음부터는 선배들과의 관계도 편해졌다. 격의 없이 어울려 술도 마시고 얘기도 많이 나눴다. 많이 웃었고 자신감도 넘쳤다. 술도 늘었다. 그렇게 연극배우가 되어가고 있었고 평생 무대에서 살면 좋겠다고 생각했다.

내가,
'영화배우'라니

어느 날 연극 〈마술가게〉 공연을 마치고 분장을 지우고 있던 내게 누군가 서류봉투를 건네주었다. 영화 시나리오였다. 〈처녀들의 저녁식사〉.

처음으로 영화 오디션을 봤다. 우노필름 사무실에서 비디오카메라를 켜놓고, 외웠던 대사를 읽었다. 연극연습을 할때는 처음 대사를 소리내어 읽는 시간을 '드라이 리딩'이라고 해서 최대한 건조하게 읽는다. 인물의 성격도 감정도 배제한 채로 한참을 읽으며 서서히 이렇게도 해보고 저렇게도 해보면서, 가능성을 열어두고 캐릭터를 만들어간다. 상대와의 호흡도 중요하다. 상대가 어떻게 달라지느냐에 따라서 내 감정 선도 달라지게 된다. 그 미묘하고 섬세한 작업을 무척 좋아한다. 그래서 오디션을 볼 때도 최대한 건조하게 읽었다. 왜 그렇게 하냐고, 아무 느낌이 없지 않느냐고 물어보는 감독님에게도 연극연습하던 대로 했다고 대답했다.

그렇게 오디션을 끝냈다. 별다른 느낌도 기대도 없었다. 꼭 그 영화를 하고 싶다는 생각도 없었다. 그렇게 내 연극을 보러 와준 감독님이 내게 시나리오를 줬고 내가 영화 오디션이란 걸 봤다는 걸로 무척 만족스러웠다. 그리고 자신도 없었다. 시나리오는 파격적이고 솔직했다. 그리고 야했다. 당연히 노출을 해야 하는 연기였다. 그럴 수 있다고는 생각했지만, 그래도 어느 한구석 움츠러드는 마음이 있었다. 영화라니, 생각해본 적 없는 일이었다. 나는 나의 베이스캠프로 돌아갔고 평온한 마음으로 생활하고 있었다.

며칠 후 전화를 받았다. 다시 한 번 영화사로 와달라고 했다. 한 번 더 오디션을 보고 싶다고 했다. 그러니까 이 말은 1차 오디션에 합격했으니 2차 오디션을 보러 오라는 뜻이었다. 난 그런 걸 몰랐다. 아니, 한 번 봤으면 어떻게 연기하는지 알 텐데, 그동안 무슨 연습을 한 것도 아닌데 뭘 또 보자고 하나 싶었다. 매일 무대에 서야 하는데 그전에 거길 다녀온다는 게 내키지도 않았다. 그래서 말했다. 무대 컨디션이 중요하기 때문에 갈 수 없다고. 전화했던 스태프는 황당해하며 끊었다. 얼마 후 다시 전화가 왔다. 영화 프로듀서였다. 네가 잘 모르나본데, 이건 보통 기회가 아니다, 누구나 잡고 싶어하는 기회다, 여자주인공 중의 한 명이 될 수 있는 기회다, 만일 이 역할을 하게 되면 넌 인생이 바뀐다…… 그때 내가 했던 대답은, "전 별로 인생 바꾸고 싶지 않은데요. 이대로 만족합니다"였다.

한 달 뒤 난 그 역에 캐스팅되었다. 캐스팅이 확정되었다는 말을 듣고도 믿기지가 않았다. 어떻게 그런 일이 생긴 걸까? 감독님 말씀에 따르면, 많은 배우들을 봤는데 내가 기억에 남더라는 거였다. 그렇게 말도 안 되게 굴던 내가 어쨌건 그 역을 잘할 수 있을 거라는 생각이 들었다고 했다.

연락을 받은 밤, 공연을 마치고 감독님이 오라는 곳으로 갔다. 청담동의 어느 카페. 처음 가보는 동네의 낯설음만도 얼떨떨한데, 그곳엔 배우 강수연 선배가 나와 있었다. 완전히 얼어붙을 수밖에 없었다. 그제야 내게 무슨 일이 생기고 있는지 어렴풋이 감이 왔다. 그날 밤 일은 잘 기억이 나지 않는다. 긴장되고 들뜨고 기쁘고 취했다. '영화배우'라니, 내가, '영화배우'라니. 말도 안 되는 일이 현실로 벌어진 거였다. 꾸어보지도 못한 꿈이 얼떨결에 이루어지고 말았다.

〈마술가게〉 공연이 끝나고 공연 팀과 함께 캐나다로 교민 위문공연을 가게 됐다. 그 여행이 생애 처음 해외로 나가본 경험이었다. 긴 비행, 가슴 떨렸던 입국심사를 마치고 바라본 밴쿠버의 하늘은 그야말로 우리나라 가을의 한가운데 같았다. 햇살이 비추는 곳은 뜨겁고 나무 그늘로 들어가기만 하면 팔에 소름이 돋을 정도로 서늘했다. 가이드를 맡았던 영화학도는 어쩐지 내게 관심이 있는 듯했고 가는 곳마다 아름답고 상쾌했다. 행복했다. 이 여행이 끝나면 난 영화 촬영을 시작하게 될 거였다. 자신감이 넘쳤고 모든 게 잘될 거라 생각했다. 공연 중에 약간의 사고가 있어 허리를 좀 다쳤지만, 그 먼 곳에서 침을 맞고 물리치료를 받고 진통제를 삼키며 공연하면서도 마음은 행복했다. 그렇게 다친 덕분에 영화학도 가이드와 더 친해지기도 했다. 들뜨고 달짝지근한 스물여섯 살의 나날이었다.

강하고
자유로울 것,
순이처럼

연극은 연습도 그렇고 무대에서의 공연도 그렇고 충만감이 있다. 완전히 몰두해, 그 시간 그 캐릭터로 지내다가 빠져나오는 것이다. 관객의 반응이 손에 잡힐 듯 느껴지고 상대방의 호흡도 내 호흡과 함께 어우러진다. 그리고 박수 소리까지.

영화는 스태프에 둘러싸여 연기한다. 스태프는 각자 맡은 일을 열심히 하고 있다. 상대역과 나는 집중력을 조절해 각자 자기의 컷을 찍을 때 최선을 다하려고 한다. 촬영 순서도 뒤죽박죽이다. 그저 마음 놓고 푹 빠지면 되는 그런 작업이 아니다. 몰입을 하되 여러 가지를 염두에 두어야 한다. 내가 잘한다고 되는 것도 아니다. 스태프든 상대역이든 실수할 수 있다. 몇 번이고 NG가 난다. 결국 OK가 되는 컷의 내 연기는 최선이 아닐 수도 있다. 연극에 비해 정말 복잡하고 지난한 작업이다.

본격적으로 영화 〈처녀들의 저녁식사〉를 찍기 시작하자 예상할 수 없었던 여러 가지 변수들과 부딪혀야 했다. 하필이면 아주 초반에 지리산 신을 찍게 됐다. 등반을 하고, 그러다 옷을 홀홀 벗고 절벽에서 뛰어내려 수영을 하고, 알몸 그대로 바위에 엎드려 몸을 말리고. 시나리오에서 봤을 때는 참 자유롭고 시원한 느낌을 주는 장면이었다. 그런데 막상 찍으려니 참 힘든 작업이었다. 산을 오르는 것도, 옷을 벗는 것도, 절벽에서 뛰어내리는 것도, 계곡에서 수영을 하는 것도, 영화를 봤을 때 길어야 1분 정도인 장면을 찍기 위해 하루가 다 지나갔다. 산을 오르는 날은 정말 하루 내내 산을 올라야 했다. 절벽에서 열 번 넘게 뛰어내려야 했고 물속에 하루 종일 있어야 했다. 지리산 물은 무척 차가웠다. 덜덜 떨면서 떨지 않고 연기를 해야 했다. 바위에 누워 몸을 말릴 땐 정말 온몸이 파래졌던 것 같다. 열이 나고 아파서 링거를 맞고 다음날 또 물에 빠지는 연기를 해야 했다. 단 며칠간의 지리산 촬영은 내 자신감과 들뜬 마음을 앗아가기 충분했다.

연기를 하는 것 같은 느낌도 아니었다.

　그러다 작은 사고가 났다. 바위에서 알몸을 말리고 있는 스틸사진 한 컷이 스포츠신문에 난 것이다. 프로듀서의 전화를 받곤 정말 어찌해야 좋을지 알 수 없었다. 제일 먼저 떠오른 건 아버지였다. 영화를 한다고는 했어도 어떤 영화인지 정확히 말씀드리지 않은 상황이었다. 그밖에 수많은 사람들의 얼굴이 떠올랐다. 생각하면 할수록 분했다. 어떻게 한마디 상의 없이 그런 사진을 기사에 낼 수 있는 건가. 아무리 화를 내봐야 이미 벌어진 일이었다. 프로듀서도 스틸사진기사도 홍보담당자도 미안하다고만 할 뿐 어떻게 손을 쓸 수는 없었다. 매니저도 없었고, 이럴 때 어떻게 해야 좋을지 물어볼 데도 없었다. 그저 열심히 거리낌 없이 했던 연기들이 갑자기 부끄러워졌고 지워버리고 싶었다. 내 마음은 자유로움을 잃어갔다.

　내가 맡았던 캐릭터 순이는 눈에 띄지 않으나 누구보다 강하고 자유로운 마음을 가진 사람이었다. 예쁘지도 여자답지도 않고, 스물아홉이 되도록 성경험이 없는 대학원생이었다. 성경험을 해보고 싶다는 마음도 호기심 때문이지 외로움이 이유가 아니었다. 연애에 전혀 관심도 없었고 혼자 살아가는 게 맞춤옷처럼 편안한 사람이었다. 등산을 즐기고 요리를 잘한다. 혼자서도 늘 제대로 밥상을 차려먹는다. 당시 영화에서는 거의 다루지 않았던 자위 장면도 그녀의 성격을 잘 말해준다. 친구가 남자 때문에 고민하고 슬퍼하면 함께 있어주기는 하나 깊이 공감하지는 않는다. 가끔 외로울 때도 있지만 그 때문에 누군가에게 의지하려 하지는 않는다.

그녀를 설명하는 방법 중의 하나가 옷을 훌훌 벗어던지고 계곡물에 첨벙 뛰어든다든가, 한적한 바위에서 몸을 말린다든가 하는 거였다. 방에서 혼자 있을 때 서슴없이 브래지어를 벗어던지기도 한다. 그렇게 '알몸'이란 순이의 독립심과 자유로움을 표현하는 수단이었다. 성적 대상, 남자에게 섹시한 느낌을 불러일으키기 위한 노출이 아니었으므로 옷을 벗는다는 것에 거리낌이 없었다.

그런데 스포츠신문에 그 사진이 나자 기분은 완전히 달라졌다. 신문을 보는 사람들은 그 사진이 무엇을 뜻하는지 모른다. 그저 신인 여배우 하나가 영화 속에서 벗는다고 알게 될 거다. 그 생각을 하면 할수록 나는 점점 위축되어갔다. 스틸사진기사가 촬영장에 와 있기만 해도 기분이 나빠졌고 옷을 벗어야 하는 촬영이 있는 날은 감독님을 괴롭혔다. 내 마음은 닫혔고 감독님과도 조금 멀어졌다. 내가 선택한, 그렇게 기뻐하던 일이었는데 더 이상 즐겁지가 않았다.

있는 힘껏 최선을 다해서 찍긴 했지만 많은 아쉬움이 남는다. 처음 마음 그대로, 순이처럼 자유롭고 강한 마음을 지킬 수 있었다면 훨씬 좋았겠다 싶은 첫 작품이었다.

내 인생의
영화

영화 〈박하사탕〉의 배역은 '설득'으로 따냈다. 너무너무 하고 싶은 영화였는데, 오디션에서 떨어지고 나니 며칠 동안 잠을 잘 수가 없었다. 아무리 생각해도 그 역은 내가 제일 잘할 것만 같았다. 나는 '홍자'라는 인물이 어떤 사람인지 알수 있었다. 친척언니나 옆집 아줌마처럼 친근하고 구체적으로 다가왔던 것이다.

물어물어 감독님의 전화번호를 알아내 전화를 걸었다. 얼마나 떨었는지 모른다. 그래도 하고 싶은 말을 했다. 나는 홍자를 안다고, 누구보다도 잘할 수 있다고. 감독님은 미안하게 됐다며 밥이나 한번 먹자고 했다. 전화를 끊고 나자 홀가

분해졌다. 최선은 다했으니까, 이제 정말 더 이상 어쩔 수 없으니까.

그리고 감독님과 밥을 먹었다. 그때는 사실 아무런 기대 없이 나가 이런저런 얘기를 나누기만 했다. 주로 어렸을 적 얘기, 대학시절 얘기. 그렇게 한 시간 정도 밥을 먹고 헤어져 돌아오자 다른 희망 같은 게 생겼다. 괜찮아, 언제든 저 감독님과 다시 할 수 있을 거야, 이 영화 말고 다른 일을 하게 될 거야. 그러고 나서야 편하게 잠들 수 있었다. 얼마 후 그 역에 캐스팅되었다.

감독님을 설득했던 건 내 말이 아니었을 거다. 말의 내용이 아니라 그렇게 시도했던 마음, 그리고 밥 먹을 때의 내 모습이나 표정이나, 감독님 마음에 홍자로 보이게 된 어떤 면이 있었을 거다. 이후 다른 영화 캐스팅 때도 몇 번 같은 방법을 써봤지만 성공한 적은 한 번도 없다.

〈박하사탕〉은 내 인생의 영화로 꼽을 만한 작품이다. 함께한 배우로서도 그렇지만 관객으로서도 잊을 수 없는 영화다. 시사회를 보면서 주책 맞게 울었다. 내 연기를 보면서도, 설경구 선배의 연기를 보면서도 울었다. 마지막 영호의 젊은 얼굴을 보자니 하염없이 눈물이 흘렀다.

광주, 5·18의 상처는 그곳 사람들만의 것이 아니다. 그럴 수가 없다. 그곳에서 사람들을 때렸던 사람, 죽였던 사람, 그걸 지켜본 사람, 보고도 모른 척한 사람, 그 고장 밖에서 소문만 들은 사람, 오히려 광주 사람들을 비난했던 사람. 그 시간에 존재했던 모든 사람들에게 영향을 미쳤다. 죄책감이란, 참 몹쓸 감정이다. 가슴 한편 무거운 그 느낌, 불쾌하고 화나는 느낌, 누군가 네 탓이다, 비겁하다 하고 날 비난할 것만 같은 느낌, 내가 한 건 아무것도 없는데, 아무것도 하지 않았기 때문에 느껴지는 자괴감. 이런 느낌을 떨치고자, 눈을 돌리고 기억의 저 안쪽으로 밀어넣는다. 내 탓이 아니다, 내 탓이 아니다. 그러다 결국, 네 탓이다! 상대를 탓하고 비난한다. 없는 이야기를 만들어내서라도, 간첩이고 폭도니까 그렇게 된 거라고 이유를 만든다. 그렇게 살아가면, 적어도 나는 편할까. 똬리를 튼 죄책감은 점점 잔인한 얼굴이 되어간다. 주변을 해친다. 가까운 사람에게 냉혹해진다. '나'밖에 모를수록 '나'는 점점 더 피폐해진다.

광주를 겪은 영호는 사랑하는 사람들을 차례로 '물리친다'. 영호를 사랑했지만 사랑받지 못했던 홍자를 연기하고 영화를 끝낸 뒤 후유증은 길었다. 한동안 아무것도 하고 싶지 않았다. 집에 틀어박혀 홍자가 느꼈던 외로움과 슬픔에, 예쁘지도 않아서 누구에게도 동정받지 못했던 그 웅크린 감정에 혼자 파묻혀 한참을 보냈다.

질투

2001년 1월 1일 0시, 영화 〈박하사탕〉의 1주년 기념 팬 상영회가 있었다. 스타도 없고 배급사도 크지 않아 개봉관 수도 많지 않았던 그 영화가 순전히 관객들의 입소문 덕분에 조금씩 상영관이 늘었고, 몇몇 영화관은 아주 오래 그 영화를 상영했다. 나는 이 영화로 대종상 여우조연상을 받기도 했다. 1주년 파티는 즐거웠다. 다시 보는 영화는 여전히 아름다웠고 〈박하사탕〉을 사랑하는 많은 팬들에게 둘러싸인 기분도 행복했다.

　뒤풀이 2차였을까, 술이 조금 취한 영화 관계자가 내 옆에 앉아 이런저런 칭찬을 늘어놓았다. 영화와 내 연기에 대해서도 듣기 좋은 말만 골라서 해주었다. 그러다 불쑥, "그런데 여진 씨, 왜 이 감독님 새 영화에 설경구 선배랑 문소리 씨만 캐스팅되었을까?" "⋯⋯" 처음 듣는 얘기였다. 한대 얻어맞은 기분이랄까, 표정 관리도 되지 않았고 들떴던 만큼이나 툭 떨어져내리는 기분의 낙차도 아찔했다. 건너편 테이블의 감독님이 보였다. 애써 웃었다. "그럴 수도 있죠 뭐." 말은 그렇게 할 수밖에 없었다.

하지만 그 순간부터 어떤 얘기도 귀에 들어오지 않았고 어떤 말도 할 수 없었다. 어떻게 집에 돌아왔는지도 모르겠다. 울었던 것 같다. 아무리 이유를 생각해봐도 이해할 수 없었다. 상도 내가 받았고 칭찬도 내가 많이 받았다. 촬영하면서 내가 뭔가 잘못을 했을까, 이리저리 고민했다. 이유를 알아낼 리 없다. 이런 일은 이유랄 게 없다. 그냥 감독님의 마음인 건데. 어떤 영화든 캐릭터에 대해 감독이 갖고 있는 느낌과 이미지라는 게 있고, 그것에 맞는 최선의 배우를 선택하는 것뿐이다.

배우가 예쁘고 인기가 있고 거기다 연기까지 잘하면 물론 캐스팅이 잘되긴 한다. 그렇게 삼박자가 다 맞는 배우들도 어떨 때는 너무 예쁘다는 이유로, 너무 노련하다는 이유로 하고 싶은 역할을 못 하기도 하는 거다. 그야말로 캐스팅은 감독의 고유권한이다. 물론 배우에겐 거절의 권리가 있지만, 캐스팅에 관한 한 대부분의 배우는 수동적인 입장일 수밖에 없다. 그렇게 잘 알고 있고, 받아들이고 있지만, 내겐 슬픈 일이었다.

하고 싶은 일을 할 수 없을 때, 함께하고 싶은 사람과 함께할 수 없을 때 서럽다. 부당하게 느껴지고 내 가치가 사라진 것처럼 느껴진다. 이런 마음은 상당히 오래갔다. 드라마에 얼굴을 내비치고 조금씩 알아보는 사람이 생기고, 또 한 사람의 거장 임권택 감독님과 〈취화선〉이라는 멋진 영화를 찍으면서도 가슴 한편 '패배감' 같은 걸 가지고 있었다.

〈취화선〉의 '진홍'은 주인공 장승업과 한때 함께 살았던 퇴기다. 장승업을 사랑했으나 사랑받진 못했다. 그가 방랑하고 돌아다닐 땐 다른 남자와 정을 통하기도 한다. 장승업에게 "네가 나한테 해준 게 뭐가 있냐?"라고 우르르 쏟아붙이는 꽤 긴 대사의 한 장면 때문에 기억에 남을 만한 역할이다. 그 장면은 '원 신, 원 컷'으로 연기했다. 끊김 없이, 마치 연극무대에 선 듯이 한 호흡에 하는 연기가 내게는 오히려 편했다.

우리나라 최고의 배우들과, 최고의 스태프와 함께 한 〈취화선〉 작업은 무척 즐거웠다. 사극이 생각보다 꽤 잘 어울린다는 것도 알았다. 쪽머리에 한복을 입혀놓으면 영락없는 '조선 여자'같이 생겼으니까. (그래서 이 영화를 본 이병훈 감독님이 〈대장금〉에도 캐스팅해주었다.)

영화 〈취화선〉은 칸영화제에서 감독상을 받게 된다. 한국 영화사에 남을 만한 큰 경사였다. 기쁘고 자랑스러웠다. 물론 그랬다. 그렇지만 이창동 감독님의 새 영화 〈오아시스〉의 여자주인공 문소리가 베니스영화제에서 신인상을 수상했다는 소식에 내 마음은 다시 한 번 열패감에 휩싸였다. 물론 그 영화를 봤다. 그녀의 연기는…… 훌륭했다. 너무도 훌륭해서 뭐라 할 말이 없었다. 아무리 흠을 잡고 싶어도 그럴 수가 없었다. 그 역을 누가 했어도, 그게 나였든, 다른 어떤 배우였든, 그녀만큼 잘할 수는 없을 것 같았다. 그러니 마음은 더욱 쓰렸다. 조금 부족했더라면, 나라면 더 잘할 수 있었을 텐데 했겠지. 난 그저 캐스팅을 '잘못한' 감독님을 탓하고 화냈겠지. 그런데 그럴 여지가 전혀 없었다. 그런데도 내 마음은 고집을 부렸다. 그래도 싫다. 그래도 뭔가……

그녀의 수상과 〈취화선〉의 수상은 여러 뉴스에서 함께 다루어졌다. 내게도 인터뷰 요청이 들어왔다. 〈취화선〉과 근황에 대해 묻던 기자가 갑자기 〈오아시스〉 얘기를 꺼냈다. 문소리 씨의 수상 소식을 듣고 어땠냐고 물었다. "어떻긴 기분개떡 같죠!"라고 말할 순 없는 노릇이었다. "정말 축하할 일이죠, 기쁘고 자랑스러워요." 이렇게 말할 수밖에 없었다. 내맘은 뜨끔거렸다.

그런데 이 '기자양반'(미안하지만)이 계속해서 묻는 거였다. 솔직히 서운하지 않았냐, 사실 난 여진 씨의 〈박하사탕〉 때의 연기가 참 좋았기 때문에 〈오아시스〉도 할 줄 알았다…… 계속 웃으며 대답하다가 난 결국 울어버렸다, 민망하게도. 기자도 당황했고 나도 당황했다. 거기서 인터뷰는 중단됐고 그 기사는 실리지 않았다. 내가 어떻게 다루어야 좋을지 알 수 없었던 내 감정, 질투.

그전에는 질투란 감정에 대해서는 잘 모르고 살았다. 다행히 남과 비교하면서 비교당하면서 지내지 않았다. 하고 싶은 일은 하고, 갖고 싶은 건 가지며 살았다. 연애도 제삼자 때문에 깨지는 경험을 하지 못했다. 연기를 시작하고는 정말 말도 안 될 정도로 운이 따랐으므로 곁의 누군가를 질투할 이유가 없었다. 그러다 맞닥뜨리게 된 이 감정은 흉폭했다. 모든 부정적인 감정을 다 끌고 나왔다. 분노와 원망과 슬픔과 자기비하까지.

그랬었단다, 소리야. 미안.

뉴욕에서의
한철

결혼하고 마음이 괴로웠던 건 일 때문이었다. 〈대장금〉이 끝나고 〈토지〉를 마친 후 이렇다 할 작품을 만나기가 쉽지 않았다. 주말연속극을 하고는 있었지만 성에 차지 않았고, 결혼한 후에는 영화 시나리오가 들어오는 일이 드물어졌다. 영화가 하고 싶었다. 〈박하사탕〉이나 〈취화선〉 같은 문제작을 하고 싶었다. 아무리 하고 싶다고 해도 뜻대로 되지 않았다. 오랜만에 연극을 한 편 하는 걸로 연기 욕심을 채우기도 했다. 그래도 여전히 우울했다. 결국 남편의 양해 하에 긴 여행을 떠났다. 뉴욕으로, 낯설고 추운 그곳으로 혼자 떠났다. 결혼 후 2년 만의 일이었다.

다시 학생이 되었다. 작지만 유서 깊은 스튜디오에서 수업을 들었다. 영어 발음 교정과 발성 그리고 신 스터디scene study. 한국에서 체계적인 연기수업을 받지 못한 아쉬움을 그곳에서 채우리라 했다. 때는 영화 속에서나 보던 '뉴욕의 가을'이었고, 거의 처음 가져보는 '이방인'으로서의 시간이었다. 방을 구하러 다니면서 이스트 빌리지의 각양각색의 사람들이 사는 모습을 구경하는 것도 재미있었다. 룸메이트를 구하는 그들 대부분은 남자였고, 내가 여자라는 걸 개의치 않았다. 그냥 시험 삼아 지내볼까, 잠시 혹했지만 그럴 수는 없었다.

아는 사람의 아는 사람의 아는 사람의 아파트 하나를 혼자 쓸 수 있게 되었다. 맨해튼 외곽에 사는 사람이 가지고 있는 작은 반지하 아파트였다. 가끔 그 사람 가족들이 시내에서 머물 때 이용하던 집이었는데, 짐이 많아 팔지도 않고 세도 주지 않은 채로 그냥 비어 있던 터였다. 청소에 별 취미가 없던 내가 그 집에서는 참 부지런히 쓸고 닦고 했다. 유리창도 닦았고 블라인드도 청소했다. 시간이 남아돌았고 외로웠다. 뉴욕의 가을은 밖에 오래 머물면 몸이 시려왔지만, 따끈한 국물요리를 먹기도 쉽지 않았다. 그래도 이왕 온 거 한인

타운 쪽으로는 가지 않으려 했고 혼자 여기저기 많이 걸어다니려고 애썼다. 수업 때 발표할 장면을 준비하는 게 유일하게 할 일이었으니 시간은 얼마든지 있었다.

일주일에 한 번 있는 수업에는 혼자서, 또는 파트너를 정해서 연극의 한 장면을 준비해간다. 기본적인 세트며 대도구, 소도구가 준비되어 있으므로 공연을 하듯이 최대한 제대로 장면을 짠다. 같이 수업을 들었던 학생 중엔 지금은 간혹 영화에서 조연 정도를 맡는 배우도 있었다. 더스틴 호프먼, 우피 골드버그 등 연기파 배우들이 수업을 한 적도 있고, 기본적으로 그곳에 계신 선생님들은 20, 30년씩 배우 트레이닝을 해온 분들이라 들었다.

첫 발표에는 짧은 모놀로그를 준비했다. 도서관 사서인 여자가 등장해서, 사랑했던 남자가 범죄자였음을, 자신은 그저 이용된 것임을 깨닫고 슬픔에 잠겨 말하는 장면. 사랑하기 전 외롭고 건조했던 나날, 남자로 인해 생기가 돌았던 시간을 회상하며 그를 원망하기보다는 그리워하는 느낌의 대사였다. 나는 울며 연기했다. 울기 위해, 술에 취해 단골 술집의 바텐더에게 하는 술주정으로 설정했다. 사실 눈물 연기는 어디서든 잘 먹힌다는 얄팍한 계산이 깔려 있었다.

과연 학생들은 쥐 죽은 듯이 조용해졌고 곧이어 꽤 열렬히 박수를 쳐줬다. 선생님의 질문, "한국에서 왔다고 씌어 있는데 프로 배우냐?" 자랑스럽게 그렇다고 대답했다. 선생님은 고개를 끄덕였다. 한국 여배우들이 '우는 연기'를 잘하는 건 알고 있다. 너도 잘한다는 건 알겠다. 그러니 다른 걸 보고 싶다. 똑같은 연기를 하되 울지 말고 해보자. 단, 보는 사람은 같은 크기의 슬픔을 느껴야 한다. 결국 난 그 과제를 통과하지 못한 거였다. 당연히 통과할 거라고 믿었기에 조금 당황스러웠지만, 그래도 신선했다.

사실 우리나라 드라마에서 여자배우들은 참 많이 운다. 거의 매회 운다. 우리가 살면서 흘리는 눈물의 총량만큼을 미니시리즈 한 편을 찍으면서 흘리게 된다. 울지 못하는 여자배우는 살아남기 힘들다. 대본에 꼭 '눈물 흘린다'라고 씌어 있지 않아도, 감정만 잡히면 눈물을 흘린다. 그걸 좋아하지 않는 연출도 드물다. 어찌 보면 참 손쉬운 감정표현이다. 나 역시 알게 모르게 눈물로 감정을 다 표현하려는 생각에 젖어 있었다. '눈물 없이, 같은 크기의 슬픔'이라. 오랜만에 머리가 반짝반짝 돌아갔다. 이렇게도 움직이고 저렇게도 말해보았다. 오히려 웃으며 아무렇지 않게 얘기하다 어느 순간 잦아드는 슬픔. 그것을 발견하고 기뻤다.

뉴욕에서의 넉 달은 단조로웠다. 거의 언제나 혼자였고, 액팅 스튜디오를 다니며 가끔 공연을 보았다. 한두 명의 친구를 사귀게 되었지만 아주 친밀해지진 못했다. 우연히 알게 된, 피아노를 전공하는 유학생과 친해져 함께 콘서트를 볼 수 있었던 게 가장 기억에 남는 일이었다. 카네기홀에서 노르웨이의 뛰어난 음악가 레이프 오베 안스네스의 모차르트를 들을 수 있었고 프린스턴 대학 강당에서 미치코 우치다의 슈베르트도 들었다.

나도 모르게 "아" 하고 탄성이 나오는, 그런 순간을 무척 좋아한다. 툭하면 길을 잃거나 지하철을 잘못 타서 헤매고, 영어로 말하고 듣는 것에 (물론 내가 잘하지 못해서) 하루에도 몇 번씩 짜증이 나고, 쥐가 출몰하는 아파트 때문에 엉엉 울기도 했지만, 뉴욕에서의 가을과 겨울은, 간혹 "아" 하는 감탄사를 내뱉게 했다.

배우와
캐릭터

드라마 〈이산〉에서 맡은 역할은 정순왕후였다. 역사상 정순
왕후는 정조 사후 수렴청정을 했던, 정조보다 겨우 여섯 살
많은 할머니이다. 남편 영조대왕과 무려 예순 살 차이가 났
던, 보잘것없는 가문의 딸이었다가 어느 날 갑자기 중전이
되었던 여자.

어려서 읽은 역사 이야기 중에 왕이 여러 처녀들을 불러
놓고 왕비를 간택하는 면접시험 같은 걸 봤다는 내용이 있
었다. 하루는 왕이 처녀들에게 좋아하는 꽃과 그 이유를 물
었다. 제각기 아름답고 기품 있는 꽃들을 고르는데 한 처녀
만이 초라한 목화를 말했다. 목화에서 난 목화솜으로 백성

들이 실을 자아 옷을 지어 입을 수 있기 때문이라는 뜻이었다. 그 이야기의 주인공이 바로 정순왕후다. 백성의 심정을 헤아릴 수 있었던 이유는 그녀의 집안이 거의 몰락한 양반 가문이라 평민과 다름없는 생활을 할 수밖에 없어서였다. 영조는 그런 그녀를 택한다. '외척'이랄 게 없었기 때문이다. 아무런 힘도 배경도 없이, 그저 유령처럼 그녀의 궁 생활은 시작된다.

드라마에서 그녀는 사도세자의 죽음과 연관을 맺고 있고, 영정조 시대의 여러 개혁정책을 반대하는 기득권, 보수 세력인 노론벽파의 수장 역할을 한다. 역사적으로는 그녀의 친정아버지와 오빠가 노론벽파였던 것으로 씌어 있다. 드라마 상에서는 극적인 재미를 위해 그야말로 영정조와의 대립각을 가장 날카롭게 세우는 인물로 나온다. 그것도 드라마 초반 8회까지는 웃으며 인자한 모습만을 보이다가 8회 이후 본색을 드러내며 모든 음모의 핵심임을 드러내면서 시청자들을 놀라게 하는 인물이다. 즉, '연기'를 잘하는 인물이다.

두 가지 얼굴을 가진 배역을 맡고 그녀에 대해 상상해가면서 그녀가 가진 '연기력'의 근거가 무엇이었을까 생각해보았다. 내가 내린 결론은 '두려움'이었다. 열여섯, 편들어줄이 하나 없는 구중궁궐에 홀로 들어갔던 소녀. 누구도 그녀의 회임을 원하지 않았을 거다. 사도세자의 세력은 물론 영조까지도. 그녀는 그저 잠자코 그곳에 가구처럼 있기만 하면 되었다. 사무치게 외로웠을 것이고, 죽을까봐 두려웠을 것이다. 옆에 있는 상궁, 나인 들조차 믿을 수 없고, 여차하면 그녀를 제거할 수 있는 많은 사람들에게 둘러싸여 한시도 마음 놓을 수 없었을 것이다. 아비보다도 나이가 많은 남편은 그녀를 돌보지 않았고 아무 할 일도, 할 수 있는 일도 없었을 것이다.

잠을 자면 가끔 그녀가 꿈에 보였다. 나를 닮은 얼굴, 어리고 까맣고 자그마해 보였다. 얼굴은 굳어 있고 눈빛은 흔들렸다. 그녀는 약해 보였고 겁을 먹고 있는 듯했다. 늘 무시만 당하고 두려움에 떨던 그녀가 한 사람 한 사람을 자기 사람으로 만들고, 사랑 대신 권력을 얻는 것을 택하고 매진한 것은 자연스러운 일이었을지 모르겠다. 죽지 않기 위해 철저히 가면을 쓰고 왕실의 신뢰를 얻어야 했을 것이다. 두렵고 외로웠던 만큼 잔인하고 냉정해질 수 있었다. 조심스럽고 치밀한 음모를 꾸몄고, 정적을 제거하는 데 엄혹했다. 매일매일 칼날 위에 서서 살아가는 사람이었다. 권력을 가질

수록 이 칼날은 더욱 날카로워졌지만 그녀는 거기서 내려설
수도 없었다.

이렇게 캐릭터를 만들고 연기하며 사는 삶은 고통스럽기
도 하고 행복하기도 하다. 그녀의 고통을 느끼긴 해도 괴롭
진 않다. 캐릭터와 만나는 즐거움은 짜릿하다. 주변의 칭찬
과 격려도 물론 힘이 된다. 그러나 연기하는 어떤 순간, 깊은
몰입의 순간이 주는 쾌감은 겪어보지 못한 사람은 모른다.
연기하는 매순간 그럴 수 있는 건 아니다. 아주 드물지만, 연
기 후에 찾아오는 희열감, 내가 나를 완전히 잊었었다는 느
낌. "아" 하고 탄성이 나오는 그 순간.
사람들이 음악이든 미술이든 예술활동을 하면서 갖게 되
는 그 '일체감'의 느낌은 분명 강렬하다. 그러니 그 많은 가
난한 예술가들이 존재할 수 있는 이유일 거다. 문제는 그 순
간이 지나고 나서 맞게 되는 일상이 거품 빠진 맥주처럼 싱
겁게 느껴진다는 데 있다.
촬영 기간은 촬영을 하거나 촬영을 기다리거나로 생활이
채워진다. 무언가 일상적인 일을 한다는 게 힘들다. 매일의
운동은커녕 규칙적인 수면과 식사조차 해나갈 수가 없다.

그래서 대부분의 여자연기자들은 촬영 때의 모습이 최악이라고 투덜거린다. 사실 그렇다. 촬영이 없는 날도 언제 나올지 모르는 대본을 기다리느라 다른 약속을 잡기가 부담스럽다. 촬영이 끝나면 여러 가지를 해야겠다고 계획을 세운다. 여행도 하고 친구도 많이 만나고 운동도 하고…… 막상 촬영이 끝나고 나서 휴식의 시간이 찾아왔을 때 미뤄둔 모든 일을 한다 해도 무언가 허하다. 몰입중독. 그 금단현상이 찾아온다. 극도의 긴장과 집중을 요했던 시간으로부터 벗어나 하루하루 일상을 영위하다보면, 운동을 열심히 하고 책을 읽고 친구를 만나도 심심하다.

어느덧 마음은 여러 가지 쓸데없는 고민과 후회에 물들어가고 "다음 작품을 언제 할 수 있을까?"라는 조바심이 밀려든다. 많은 연예인들이 마찬가지일 거다. 언제고 자신이 하고 싶은 작품을 선택할 수 있는 스타는 몇 안 된다. 그들조차도 이 빈 시간에 찾아오는 까닭 모를 불안감과 지루함을 이겨내기란 쉽지 않다. 직업상 남들보다 몇 십 배의 감정을 쓰며 살다보면 이 감정은 발달될 대로 발달된다. 마치 날카롭게 날을 세운 칼처럼. 연기를 하지 않을 때 이 벼려진 감정은 어디로도 갈 데가 없다. 그래서 다른 중독에 빠지기도 한다.

술, 쇼핑, 도박, 연애, 그리고 마침내 찾아오는 우울.

　편하게 모든 얘기를 다 나눌 수 있는 사람을 찾기도 어렵다. 연예인이 아닌 친구와도, 또 어쨌거나 경쟁관계일 수밖에 없는 동료와도 자신의 내밀한 약점과 불안함을 나누기란 쉽지 않다. 무엇보다 자신의 감정을 잘 모른다. 내가 왜 기분이 이런 건지, 스스로 아무리 "다 잘될 거야"라고 말해봐도, 경쟁은 다른 사람이 아닌 자기 자신과 하는 거라고 되뇌어봐도, TV 속에 나오는 또래의 연기자를 보면서, 어느 곳을 가도 알아보는 사람들 때문에도, 또는 알아봐주지 않는 사람들 때문에도 기분이 나빠지곤 한다. 이런 말을 가볍게 할 수 있기까지, 돌이켜보면 나도 참 오래 걸렸다.

IV

아침
풍경

알레르기가 심해졌다. 연이은 재채기와 코의 간지러움 때문에 잠이 깬다. 배 속 아기는 간밤에 실컷 놀았는지 아침에 잠잠하다. 임신 전 이러저러한 알레르기 때문에 항히스타민제를 달고 살았지만 임신 후엔 그저 참는다. 제자리에서 자고 있는, 중년의 잡종개 순이는 재채기의 진동에 놀랐는지 (귀머거리인데, 진동은 느끼는 것 같다) 이불 위에서 깜짝 고개를 들더니 다시 잠을 청하고 있다. 열 번 스무 번 재채기를 하고 코를 풀고 그렇게 전혀 우아하지 않게 아침을 시작한다.

디카페인 커피를 탄다. 임신 전 항히스타민제와 함께 달고 살았던 게 커피다. 커피라면 다 좋아했다. 인스턴트 믹스 커피도, 그냥 손쉽게 물에 녹여먹는 알갱이 커피도, 던킨이나 맥도날드에서 파는 값싼 아메리카노도, 물론 커피전문점에서 사 마시던 비싼 커피도. 그러다 한 트위터친구가 2주에 한 번씩 원두를 밀봉해 보내주기 시작했다. 직접 고르고 로스팅한 콜롬비아, 케냐, 브라질 등등의 커피들. 그 신선한 향에 길들여지자 다른 커피에는 만족할 수 없게 되었다.

아침마다 빼놓지 않았던 일 중의 하나가 커피를 가는 일이었다. 선물 받은 그라인더에 신선한 원두를 넣고 힘을 주어 갈면, 꽤 팔이 아프다. 그래도 아주 진하고 풍부한 향을 코로 먼저 마실 수 있다. 이때의 향에 비하면 마실 때의 향은 정말 미미한 것이다. 원산지마다 조금씩 다른 느낌, 달콤하거나 깊거나 싸한 냄새 , 천천히 조심스럽게 드립을 해서 마시는 그 순간 때문에 아침에 벌떡 일어나곤 했다. 오전 일정이 있을 때는 이 커피를 갈아 마시는 시간을 확보하기 위해 알람을 더 일찍 맞춰놓곤 했다.

그렇게 하루에 다섯 잔 이상을 마시던 커피도 거의 (완전히는 아니지만) 못 마신다. 다행히 끊기 위해 애쓰지 않아도 되었다. 임신 초기 입덧이 심할 때는 커피향조차 싫었으니까. 흔히 말하는, 태아에 해로운 음식이나 기호식품에 신기하게도 몸이 자연스럽게 거부반응을 나타냈다. 다시 커피가 당긴 건 최근의 일이다. 대체로 디카페인 커피를 마시거나, 아주 가끔 커피를 갈아 향을 즐기고 나서 3분의 1 정도만 마시고 미련 없이 버린다.

커피와 어울리는 게 빵이라 늘 아침식사는 빵이었다. 아침에 빵과 커피를 먹는 습관은 아직 유효하다. 빵을 사다놓는 건 늘 남편이다. 눈떠서 처음 먹는 식사가 영양학적으로 부실하고 칼로리만 높은, 이롭지 않은 식습관일지도 모르겠다. 그래도 개의치 않고 먹는다. 오히려 세끼 식사 중 아침에 먹는 토스트 또는 크루아상을 제일 즐기는 편이다. 신혼 초 밥을 차렸던 기억도 난다. 아침에 국을 끓이고 생선을 굽고. 결혼 전, 하루세끼 밥과 국을 먹었다던 남편은 어느덧 그 습관을 버렸다. 그 일로 뭔가 합의를 보거나 한 기억은 없다. 그냥 자연스럽게 그렇게 돼버렸다. 나라는 사람이 워낙 자기 좋은 대로 하고 살아서 어쩔 수 없이 남편이 맞추게 된 건지도 모르겠다. 내가 하루를 이렇게 시작하는 걸 워낙 좋아하니까 함께해주고 있는 거겠지. 커피 좋아하지 않던 사람도 그렇게 손수 갈아서 내려주는 커피는 곧 잘 마신다. 그렇게 두런두런 조용조용 함께 맞는 아침. 그걸 무척 좋아한다, 난.

그렇게 천천히 양껏 아침을 먹는다. 임신해서 좋은 점은 먹는 양에 크게 구애받지 않는다는 것. '살찔까봐' 늘 조금씩 스트레스를 받으며 먹던 버릇에서 휘릭, 자유로워진 거다. 임신 직전에 찍었던 드라마 〈내 마음이 들리니〉 촬영 때는 얼굴이 부을까봐, 화면에 두리둥실하게 보일까봐 늘 조심했었다. 사실 불규칙한 수면과 식사 때문에 어떻게 해도 살이 찌긴 했다.

라디오를 틀어놓는다. 93.1을 크지 않은 볼륨으로 틀어놓고 그닥 귀 기울이지 않은 채 음악을 듣는다. 그러다가도 한순간 집중해서 듣게 되는 순간이 있다. 주로 피아노 소리다. 아는 곡이든 모르는 곡이든 그 소리가 주는 특별함이 있다. 부드럽고 따뜻하게 느껴진다거나, 아주 맑고 명징하게 머릿속을 두드리는 것 같다거나. 그런 경우 곡이 끝나면 제목과 연주자를 기억해두곤 한다. 사 모은 피아노 연주 CD는 대부분 그런 거다.

그러고 나서 천천히 몸을 움직여 간단한 집안일을 한다. 설거지, 옷이나 책 정리, 마른 빨래 개고 챙겨넣기. 오늘은 약간의 바느질도 했다. 그러다 틈틈이 트위터를 본다. 요즈음의 핫 이슈는 '나꼼수 비키니 응원 요구 사건'이다. 벌써 며칠째다. 사람들의 의견이 여러 양상으로 갈라지더니 이제는 서로 "그만하자 좀!" 하고 신경질을 내고 있다. 나도 같은 심정이라 말을 보태지 않게 조심한다. 사실 어젯밤 리트윗한 내용(촛불시위 때 열심히 활동했던 여성 '삼국지 카페'의 나꼼수 지지철회 선언)으로도 몇몇 사람들에게 항의성 질문을 받고 있다. 리트윗이란 건 동의만을 뜻하는 건 아닌데. 읽어봤으면, 참고라도 했으면 하는 생각. 아무튼 요새는 어떤 일에든 '논쟁'에 휩싸이는 상황은 만들지 않으려고 노력하고 있다.

열한 시, 남편에게서 전화가 왔다. 평소 전화하는 시간보다 조금 이르다. 보통은 점심을 먹고 난 한 시 반쯤 전화가 온다. 어제 밤을 샜다고 한다. 다섯 시 반에 밤 촬영이 끝났고 숙소로 돌아가 씻고 한 시간가량 자고 다시 나왔다고 했다. 다들 많이 피곤해 있는 상태라, 이른 아침 겸 점심을 먹으려 한다고 했다. 그리고 내게 묻는다. 무얼 하고 있었냐고. 나는 빨래를 갰다고만 대답했다. 배 속 아기는 뭐 하냐고. 지금은 잔다고 했다. '미친년'(남편은 우리집 개를 자주 이렇게 부른다)은 뭐 하냐고 했다. 방금 일어나 밥 먹고 똥 쌌다고 했다. 이렇게 안부 묻는 걸 매일 하루 세 번씩 한다. 하루 두세 시간을 자고 찍고 있는 드라마 〈무신〉의 촬영현장에서, 일주일에 한 번 집에 오기도 쉽지 않은 상황에서 매일 세 번, 식사 마치고, 숙소에 들어가 자기 전에 전화를 한다. 나 역시 매일 똑같이 묻는다. 밥은 맛있게 먹었냐, 많이 춥냐, 별다른 사고는 없었냐. 질문도 대답도 매일 그러하다.

여기까지가 오늘 아침 눈떠서 지금까지, 그러니까 오후 한 시까지의 일이다. 아무 일도 없다고 봐야겠다. 조금 있으면 밥을 해먹을 테고, 가벼운 산책을 할 테고, 집 안의 짧은 복도를 거닐며 포행布行, 걷는 명상을 할 거고, 간단한 요가 동작을 할 테고, 이렇게 글을 쓰거나 책을 읽거나 트윗을 보거나 할 거다. 오늘은 그야말로 만날 사람도, 가야 할 곳도 없는 날이다. 최근엔 생각보다 이런 날이 많지 않았다. 누군가 만나야 했고 무언가 해야 할 일이 있었다. 불러오는 배 때문에 숨차하면서 무대에 섰던 게 불과 열흘 전이다.

출산까지 아마도 한 달. 꿈 같은 휴식 중에 해야 할 일은 글을 쓰는 것뿐이다. 다행히 무엇에 관해 써야 한다는 건 없다. 내 마음이다. 아무 할 일 없이 비어 있는 오늘 하루처럼, 그 어떤 '아무렇지 않은 것'들로 채워나가도 상관없는 글을 쓰면 된다.

해야 할 일이 아무것도 없을 때 내가 무얼 하는지를 보면, 써야 할 글이 아무것도 없을 때 내가 무얼 쓰는지를 보면 비교적 정확히 나를 알 수 있지 않을까. (아, 주어는 나다. 내가 나를 아는 것 말이다.) 일단 여기까지. 점심을 먹어야겠다. 무얼 먹을지 정하고 준비하고 천천히 먹는 것으로 하루의 중간을 채워야겠다.

:

우리 식구
순이

결혼식을 올리자마자 촬영장을 떠돌던 내가 어느 날 집으로 손바닥만 한 강아지 한 마리를 데리고 왔다. 〈대장금〉 촬영장인 의정부 세트에서 발견한 하얀 잡종개. 눈 한 쪽에만 갈색 얼룩이 있는, 초등학교 교과서에 나온 '바둑이' 그림같이 생긴 강아지.

　다른 드라마에 소품으로 쓰려고 구입해놓은 대여섯 마리 강아지 중 하나였다. 막 목욕을 마치고 세트장 한구석에서 놀던 강아지 중 유독 이 한 마리가 눈에 들어왔다. 손바닥 위에 올려놓으니 그 작은 앞발로 내 가슴께를 짚었다. 그러곤 이내 내 품에서 잠이 들었다. 농담인지 진담인지는 모르지만, 소품으로 쓰고 난 이런 잡종개들은 그냥 잡아먹는다는 말에 놀라 내가 애를 데려가겠다고, 사겠다고 졸랐다. 주요 소품도 아니고, 그냥 동네 한 귀퉁이에 풀어놓을, '배경'에 가까운 강아지라 한 마리쯤 없어져도 괜찮지 않느냐고 일단 졸랐다.

남편에게도 전화를 했다. 다짜고짜 강아지를 데려가고 싶으니 그 소품 담당에게 부탁을 좀 해달라고. 남편은 무척 황당해했다. 결혼한 지 한 달도 채 안 되는 신혼집에 의논도 없이 무조건 강아지를 데려가겠다고 우겼으니. 그것도 '소품'인 강아지를. 남편은 그제야 우리 아버지가 술에 취해 한 말이 떠올랐다고 한다. "여진인, 지 하고 싶은 건 그냥 하는 애다. 잘 알고 있어라." 하여간 남편이 뭐라고 했는지 기억도 안 난다. 안 된다고 했을 것이다. 좀 신중하게 생각해보자고 했을지도. 아니면 황당해하며 일단 알아보겠다고 했던가.

아무튼 난 그날 촬영이 끝나고 그 강아지를 데리고 집으로 왔다. 침실에는 안 들여야겠다고 생각하고 현관 근처에 담요를 깔아 재웠다. 새벽녘에야 자신의 촬영을 마치고 돌아온 남편은 정말 떡하니 데려다놓은 손바닥만 한 강아지를 보고는 정말이지 기가 찼다고 한다.

이 녀석이 순이다. 조그마했을 땐 주로 남편의 신발 안에서 자던 순이. 순이는 귀가 잘 안 들린다. 그래서 이름 불러봐야 아는 체도 안 하고, 자고 있을 때 우리가 나갔다 들어오면 깨지도 않는다. 심지어 현관 앞에 서서 우리가 방에 있는 줄 알고 방만 바라보고 있는데 우리가 현관을 열고 들어서면 1, 2초 후 우리를 발견하고 깜짝 놀란다. 안 들려서 그런지 짖지도 않는다. 대신 수백 가지 낑낑거리는 소리로 의사를 표시한다. 마치 나처럼, 자기가 원하는 건 반드시 하고 마는 은근과 끈기를 지녔다.

셋이서 하는 산책은 일상 중에 가장 좋은 시간이다. 남편은 쉬는 날이면 꼭 그 시간을 가지려 한다. 한손에는 순이의 목줄을 쥐고 한손에는 내 손을 쥐고. 덥든 춥든 밖으로 나가 한 시간쯤 걷는다. 남편 말마따나 '미친년'처럼 뛰어다니는 순이와 나를 꼭 쥐고 별 내용 없는, 하나 마나 한 말을 주고받으면서 산책하는 한 시간은 우리 결혼생활의 상징 같은 것이 되었다. 특별할 것 없지만 무던하고 평화로운 일상. 떠올리면 행복한 표정으로 웃을 수 있다. 가끔은 소중하다는 느낌에 가슴이 살짝 떨리기도 한다. 히히, 좀 있으면 넷이 되겠구나.

좋은
사람

TV 드라마를 찍는 일은 영화와는 많이 다르다. 시놉시스가 존재하긴 하지만 대본이 어떻게 흘러갈지 알 수가 없다. 내 캐릭터에게 무슨 일이 일어날지도 알 수 없다. 그 주에 찍어 그 주에 나가는 작업환경은 여유를 가지고 고민하며 연기할 틈을 주지 않는다. 체력적으로도 힘이 든다. 순발력도 필요하다. 지치지 않고, 순간순간 집중을 해내야 한다. 너무 욕심을 내서도 안 된다. 물론 최선을 다하는 것은 기본이다. 그러니 늘 정신이 없었고 늘 아쉬웠다.

나는 영화만 하겠다는 확고한 철학이 있지는 않았으므로 드라마에도 적응해야 했다. 그런데 분장실에서도 참 어려웠다. 방송국 생활이 일상이 된 선배들은 분장실에서 편하게 얘기하고 휴식도 취한다. 난 모든 게 어색하고 낯설었다. TV에서나 보던 선배들의 일상적인 모습이 믿기지가 않았고, 막상 어떻게 대해야 할지 난감했다. 할 수 있는 방법은 깍듯이 인사만 하고 구석으로 숨어드는 거였다. 책을 읽거나 이어폰을 끼고 음악을 들었다. 굳이 얘기에 섞이려고 하지 않았다. 가끔 건방지다는 소리를 듣기도 했다.

〈죽도록 사랑해〉라는 주말연속극을 찍을 때였다. 함께하는 배우들 중에 박지영 선배가 내게 관심을 보였다. 난 늘 쭈뼛거리는데 선배가 먼저 말을 걸어주고 밥 먹자 커피 마시자 하며 날 데리고 다녀주었다. 얼떨떨했지만 참 좋았다. 선배는 행복한 사람이었다. 결혼 후 아이가 둘인데, 남편은 여전히 선배를 사랑하고 아껴주고, 서로 많은 대화를 나눈다고 했다. 아이들은 각자 다른 개성을 가진 천사들 같았다. 많이 웃고 늘 먼저 손 내미는 선배의 성격에 딱 어울리는 행복이었다. 난 그런 가정을 거의 본 적이 없었다. 내게 '가족 간의 사랑'이란 멀리 있으면 좀 그립지만 함께 있으면 투닥투닥 싸우게 되는, 그런 모습이었다. 바가지, 잔소리, 반항, 무관심, 이런 게 적당히 섞여 있는, 싫을 때도 꽤 많지만 끈끈

한 그런 모습.

여러 번 연애를 하면서 단 한 번도 진심으로 결혼을 원해 본 적은 없었다. 혼자 사는 게 몸에 딱 맞았던 데다, 원할 때 함께 있을 수 있으면 더는 바랄 게 없겠다 싶었다. 주위에서 슬슬 결혼 소식들이 들리고 집에서도 내심 걱정하는 눈치였지만 내게는 '결혼'에 대한 어떤 기대도 없었다. 그랬는데, 박지영 선배의 가정을 보고 듣고는 조금, 부러웠다. 나 자신이 좀 아이처럼 느껴졌다. 선배가 가지고 있는 그 강한 따뜻함과 자신감의 원천이 가족인 듯 보였다. 신기하기도 했다. 아이를 둘이나 낳은 부부가 어쩌면 저리 살가울 수 있을까? 저럴 수도 있는 거구나. 함께 책을 읽고, 음악을 듣고, 얘기를 나눌 수 있으니 다른 친구가 굳이 필요 없었다.

그럼에도 선배는 늘 친구가 있었다. 스스로 골랐고 다가갔고 무조건 잘해줬다. 생전 먼저 전화도 문자도 하지 않는 후배인 나를, 어떤 핀잔도 없이 "그런 게 넌데 뭐" 하며 받아들여주었다. 그 넉넉함을 배우고 싶었다. 그 선배가 연기를 시작하고 처음 사귄 '친구'라 할 만했다. 언니라 부르고 말을 편하게 놓기까지 한참 걸렸지만 참 다행이었다. 방송을 하며 친구가 생기자 모든 일이 한결 수월해졌다. 쭈뼛거리는 태도나 긴장감도 많이 사라졌고 분장실이 편해지니 촬영 현장 역시 편해졌다. '연기생활'이라고 해서 다른 사회생활과 크게 다를 게 없는 게 당연한 거다. 좋은 사람과 함께하면 어쨌건 즐겁다.

그리고 이 언니 덕에 지금의 남편을 만났다.

그 남자

그는 세상에서 제일 큰 목소리를 가지고 있는 것 같았다. 그야말로 기차 화통 같은 목청과 거침없는 말투였다. 드라마 촬영현장에서는 약간 무섭다 싶을 정도였다. 대신 현장이 재빠르게 돌아가는 장점은 있었다. "야, 저기 비었잖아, 뭐라도 갖다놔!" 소리 지르면서 동시에 몸이 움직이는 사람이었다. 결국은 자기가 직접 화분이든 뭐든 화면의 빈 곳에 갖다놓고 만다. 급한 성격. 거기다 꼼꼼했다. 소품 하나, 단역들의 의상 하나도 그냥 지나치는 법이 없었다. 그러니 늘 그렇게 고함치고 있어야 했다. 반짝반짝 빛나는 민머리는 오히려 그의 캐릭터와도 잘 어울리는 것이어서 이상하지 않았다. 그는 우리 드라마의 조연출이자 야외촬영을 도맡아 하는 감독이었다.

그러니까 평소 때의 내 이상형과는 무엇 하나 일치하는 점이 없는 사람이었다. 가늘고 섬세한 외모를 선호했고, 그게 안 되더라도 적어도 과묵한 편이기라도 해야 했다. 그런 사람을 지영 언니는 자꾸 불러냈다. 밥 먹을 때도 함께 먹자고 하고, 술 한잔하자고 해서 나가보면 그 사람도 나와 있었다. 뭔가 싶었다.

언니의 지론은, 자기가 살아보니 드라마 PD와 결혼하는 게 나쁘지 않다는 거였다. 일단 다른 직업을 가진 사람보다는 서로 이해하기 쉽고 얘깃거리도 끊이지 않는다는 거였다. 언니가 보기에 그 사람은 보기와는 달리 착하고 따뜻한 사람이며, 무엇보다 겉과 속이 같은 사람이라 했다. 나와 전혀 다른 타입이라 오히려 잘 맞을 듯싶다고 했다. 솔깃하지 않은 건 아니었지만, 그래도 신기할 정도로 나와 참 다른 사람이긴 했다.

언젠가 촬영현장에서 빗방울이 떨어진 적이 있었다. 지나가는 비 같아 모두 그 자리에서 스탠바이를 했다. 연기자들은 매니저나 스태프가 와서 우산을 씌워줬다. 그 사람이 내

뒤에 서 있던 여자 보조출연자에게 자기가 쓰고 있던 큰 우산을 갖다주라고 했다. 나는 조금 웃게 됐다. 그래, 착할지도 모르겠다. 그 민머리에 뚝뚝 떨어지는 비를 손으로 쓱쓱 문지르는 것도 귀여워 보였다.

얼마 후 촬영이 끝나고 또 지영 언니와 그 남자, 이렇게 셋이서 저녁 겸 가볍게 술 한잔하게 됐다. 이야기를 나누다말고 언니가 갑자기 노래방을 가자고 했다. 우리 집 근처였던 터라 매니저도 차도 없었다. 셋이서 줄레줄레 걸어가는 길, 그가 낚아채듯 내 가방과 지영 언니의 가방을 뺏어 들고는 성큼성큼 걸어나갔다. 앞서서 열심히 노래방을 찾았다. 누가 보면 매니저인 줄 알 텐데, 좀 미안했다. 내 가방은 달라고 얘기해도 들은 척도 안 했다. 뒷모습이 예뻐 보였다. 그렇게 조금씩 호감을 느낄 때쯤, 어느 날 밤 전화가 왔다. 밥 한 번 먹자고 했다. 따로 만나 먹자고 했다. 그렇게 시작됐다.

그는 '고백 강박증'이 있는 사람이었다. 첫 데이트는 그의 연애사를 듣는 걸로 시작했다. 꽤 많은 여자들 이야기를 자세히도 했다. 초등학교 시절 몰래 훔쳐보곤 했던 옆방 누나부터 바로 몇 달 전에 헤어진 여자까지. 난 그냥 재미있게 들었다. 들을 만했다. 얘기를 듣는 동안 불쾌하지도 지루하지도 않았다. 어떤 사람인지 조금 알 것 같았다.

　일단 어떤 경우든 상대를 탓하는 법이 없었다. 문제를 늘 자신에게서 찾았고 객관적인 관점에서 판단할 줄 알았다. 스스로 '동물'에 가깝다고 생각할 정도로, 생각하는 대로 말하고 행동하는 사람이었고, 뭐든 있는 그대로 죄다 털어놓아야 편한 사람이었다. 어떤 이유든 그럴 수 없을 때 매우 답답함을 느끼는 사람이었다. 날 좋아하게 되었으니 자기가 어떤 사람인지 일단 다 말해야 하는 사람이었다. 그렇게 이야기는 며칠 동안 계속되었다.

　드라마 촬영을 하면 수면시간이 절대적으로 부족하다. 배우보다 감독, 스태프가 훨씬 더하다. 그는 거의 자지 않고 며칠을 보냈다. 촬영이 끝나면 몇 시가 되었든 나를 보러 왔고 이야기를 했다. 내가 다음날이 촬영이라 일찍 자야 한다고 말하면 그야말로 얼굴만 보기 위해서라도 왔다. 그런 사람은 처음이었다. 일단 그 체력이 놀라웠다. 피곤해하는 기색을 찾아보기도 어려웠다. 나 역시 여러 번 연애를 해봤지만 그렇게 집중하는 상대는 없었다. '밀당' 같은 건 아예 존재하지 않았다. 전화도 문자도 충분히 자주 했고, 최선을 다해서 나를 직접 만나려고 했다.

나를 관찰해 잘 못하는 것들을 금방 파악했다. 예를 들면 뚜껑을 잘 따지 못한다든가, 먹을 때 잘 흘린다든가, 방향감각이 없다든가, 조금씩 자주 먹는다든가, 배고프면 사나워진다든가. 그는 나를 위해 뚜껑을 따주고, 방향을 잡아주고, 자주 먹을 수 있게 해주었다. 차문을 열어주거나 의자를 빼주진 않았다. 그것도 좋았다. 대신 길을 가다 예쁜 여자를 보면 꼭 예쁘다고, 또는 섹시하다고 말했다. 스타킹 신은, 맨얼굴의, 학생처럼 보이는 여자를 좋아했다. 스스럼없이 예쁘다고 말했다. 아니 더 노골적인 표현을 하기도 했다(차마 말 못 하겠다). 난 금세 익숙해졌고 아무렇지 않았다. 같이 바라보고 같이 칭찬했다.

길들이기,
내버려두기

태어나서 처음 혼자 떠나는 해외여행을 준비하고 있었다. 드라마가 끝나자마자 암스테르담과 에딘버러, 런던을 보고 오는 일정을 짰다. 사귀기 시작할 때 여행 얘기를 꺼내면서 양해를 구했다. 그는 내 여행계획표를 봐주겠다고 했다. 그리고 더 좋은 숙소와 루트를 찾아주었다. 그러더니 결국 쫓아오고야 말았다.

그와의 여행은 그럭저럭 쾌적했다. 나는 느긋하게 발길 닿는 대로 움직이길 원했고, 그는 계획을 잘 짜두고 시간, 경비 모든 면에서 효율적이길 원했다. 그래도 많은 부분 내게 맞춰주었고 제안만 할 뿐 강요하진 않았다. 노천카페에서 커피를 시켜놓고 하염없이 앉아 있는 내 앞에서, 그는 여행 안내책자를 보고 또 보며 여러 가지 루트를 짰다. 가끔 그러는 그를 못마땅해하는 건 나였다. 책자를 보지 말고 나를 보고 얘기 나누면 좋을 텐데. 그래도 크게 불만은 없었다. 어차피 혼자 오려던 여행이었으니까 혼자 멍하니 길 가는 사람들을 바라보거나 머릿속에 떠오르는 생각을 끄적이는 걸로 충분했다.

가끔 그가 제안하는 대로 움직이기도 하고, 즉흥적으로 버스를 타고 목적 없이 가다 아무 데서나 내리기도 했다. 관광지가 아닌, 그냥 사람들이 사는 모습을 더 많이 보고 싶었다. 음식 냄새, 아이들 소리가 들리는 주택가를, 거기가 어딘지도 모른 채 어슬렁거렸다. 그가 있어 무섭지 않았고, 오히려 혼자일 때보다 편하고 자유로웠다. 물론 가끔 다투기도 했다. 주로 내가 배고플 때였다.

에딘버러는 축제 중이었다. 암스테르담에서와는 달리 나역시 될 수 있으면 많은 공연과 전시들이 보고 싶었다. 그의 능력은 유감없이 발휘되었다. 내가 보고 싶어하는 공연의 티켓을, 그것도 싼값으로 반드시 구해왔다. 루트 짜기도 잘해서 정말 알뜰하게 시간을 쓸 수 있었다. 그러다 난 너무 배가 고파졌고 뭔가 먹겠다고 고집을 부려 무료이긴 하나 상당히 흥미로운 공연 하나를 놓쳤다. 그때 가장 크게 싸웠던 것 같다. 웬일인지 그도 퉁명스러워져 꽤 오래 말이 없었다. 거리에서도 손잡지 않고 떨어져 걸었다.

그때서야 내가 그에게 전적으로 의지하고 있다는 걸 알았다. 그의 배려를 받으며 여태껏 하고 싶은 대로, 아니 그 이상으로 편하게 여행하고 있음을 알았다. 그가 나를 버려두고 어디론가 휙 가버릴까봐 겁이 났다. 나 혼자 이 여행을 계속할 자신도 없었다. 이미 길들여진 거였다. 그렇게 생각하니 그의 존재가 지나치게 크게 느껴졌다. 이 사람은 내가 자꾸 자기한테 의지하게 만들지도 모른다. 내 페이스에 맞춰주면서 자기한테 점점 기대게 만들어 나중에는 옴짝달싹 못하게 만들지도 모른다. 조심해야겠다. 그런 생각도 했다. 쉽게 말 걸 수 없었고 생각은 자꾸 복잡해졌다. 밤이 깊어 각국 의장대가 모여 펼치는 가장 큰 공연을 보려고 긴 줄에 서 있을 때였다. 그가 내 손을 잡았다. 눈물이 핑 돌았다. 다른 말이 필요 없이 내 마음은 그렇게 풀어지고 말았다.

다음날 저녁 한적한 강가를 함께 걸었다. 내내 떨고 있던 그가, 어색하게, 뜬금없이 말을 꺼냈다. 결혼해달라고. 난 그에게 "가족이 되어줄게요"라고 답했다. 여행에서 돌아오자마자 그를 내 부모님께 인사시켰고 사귄 지 6개월 만에 결혼식을 올렸다. 결심하면 주저 없이 밀어붙이는 그의 스타일 덕분에 난 별 고민 없이도, 큰 기대 없이도 결혼할 수 있었다. 남들의 결혼이 어떻든 나와 그는 우리 스타일로 살 수 있을 것 같았다.

결혼할 무렵, 나는 〈대장금〉에 출연 중이었다. 인기 절정의 드라마였으므로 거기에 출연한다는 이유만으로 결혼식장은 기자들로 북새통을 이루었다. 촬영 때문에 자리를 오래 비울 수 없어서 신혼여행은 딱 4박5일로 다녀왔다. 그러고는 곧장 촬영장으로 복귀했다. 당시에는 사전 제작 중이었던 〈토지〉도 찍고 있었으니, 일주일 내내 촬영 스케줄이 잡혀 있었다. 게다가 〈토지〉는 하동에서 올로케로 진행됐다.

신혼인데 나는 집에 들어가는 날이 드물었다. 대신 남편이 집에 머물렀다. 촬영을 마치고 집에 들어가면 남편은 정말 깨끗이 청소를 해두었다. 나보다 훨씬 깔끔한 편인데, 다행히 청소하는 걸 즐기는 듯했다. 자연스럽게 집안일의 분담이 이루어졌다. 음, 이렇게 말하면 남편이 화낼지도 모르겠다. 대부분 남편이 한다. 난 가끔 내킬 때 한다. 주로 요리

같은 걸로.

두 사람 다 서로를 자기 식대로 바꿀 마음이 없었다. 그게 얼마나 다행인지 세월이 흐를수록 더 절실히 느낀다. 자신의 아주 사소한 습관 하나도 바꾸기 어려운데, 타인을 바꿀 수 있다고 믿는 건 참 말이 안 된다. 나의 게으름, 빈둥거림, 무신경함, 이기적인 습성들은 어느 날 결심한다고 해서 하루아침에 고쳐지는 게 아니다. 그걸 같이 사는 사람이 못 견뎌서, 처음에는 퉁명스럽게 지적하다가, 나중에는 "여러 번 말했는데도 왜 안 고치냐"고 따져들면 참 숨을 곳이 없다. 사춘기 때 그런 엄마를 못 견뎌했는데, 십대에, 엄마가 그래도 싫어 죽겠는데, 하물며 서른 넘은 여자한테 그렇게 말하면 얼마나 못 견뎌할까.

남편은 정말이지 나를 내버려두었다. 물론 가끔 한숨 쉬며 "이 곰탱아!" 한소리 할 때도 있지만, 흐, 웃으며 넘길 수 있는 정도였다. 가끔 심각하게 싸울 때도 있었다. 영화나 드라마에 대한 취향이 참 달랐으니까. 내가 재미있게 보는 드라마를 폄훼하는 말을 내뱉었다가 그날 밤 내내 설전을 벌이기도 했고, 극장에서는 심지어 내가 자리를 옮겨 앉은 적도 있었다. 그러다 한동안 극장은 같이 가되 각자 보고 싶은

걸 본 다음 끝나고 다시 만나기도 했다. 그리 오래가진 않았
다. 웬만하면 그가 양보해주었고, 그러다보니 나도 가끔 양
보할 때도 있었다. 단 서로 의견이 다르다는 걸 확인한 다음
에는 길게 얘기하지 않았다. 그렇게 서로 적당히 내버려두
고, 거리를 지켜주며 그렇게 지냈다.

자기연민

'자기연민', 한동안 이 단어에 몰두했다. 어디서 어떻게 얻게 됐는지 모르겠다. 분명 어느 책에서였을 거다. 기억나는 건 무라카미 하루키의 『노르웨이의 숲』에서 주인공 와타나베의 선배가 그에게 해주었던 충고다. 정확하진 않지만 "신사가 될 것, 신사는 자기가 하고 싶은 일을 하는 게 아니라 해야 할 일을 하는 사람이다. 자신을 동정하지 말 것. 제대로 된 남성이라면 그런 짓 따위 안 하는 거야." 뭐 대충 이런 말이었던 것 같다.

또 한강이 쓴 『검은 사슴』이라는 소설에 등장한 한 광부가 자신의 장인에 대해 설명할 때 "견디는 법을 가르쳐준 사람입니다"라고 말한다. 소설 내내 등장해 여자주인공과 동행하며 사랑하는 여자를 잃은 자신의 심정을 토로하던 유약한 지식인 형의 남자와 선명히 대별되는 인물묘사였다. 최윤의 수필에서도 본 기억이 난다. 무언가 슬프고 절망적일 때 빈 방에 앉아 자신을 '그'라는 3인칭으로 묘사해보면 자신의 문제란 대부분 사소해진다고. 이렇게 여러 책을 읽으며 건져냈던 말, 자기연민.

나는 툭하면 자기연민에 빠져 허우적거렸고 힘들어했다. 그럴 때 책이 도움을 줬다. 내가 좋아하던 작가들은 한결같이 그 요령을 터득하고 있었다. 아니, 그렇게 보였다. 자기연민에 빠지지 않는 노하우. 빠지더라도 금세 떨쳐버릴 수 있는 힘. 조금 거리를 떨어뜨려놓고 자기를 관찰하는 자세. 그런 성찰의 순간을 슬쩍 엿보는 것만으로도 허우적대던 감정의 늪에서 끙끙 기어나올 수 있었다.

쉽진 않았다. 내가 '특별한' 사람이 아니라는 사실, 내 경험, 내 감정이 누구나 겪는 닳고 닳은 이야기 중 하나라는 것을 인정하기란 아픈 일이었다. 그런데 그걸 인정하고 받아들이지 않고는 당장 겪는 문제가 너무 크다. 감당이 안 된다. 기껏해야 실연이고, 기껏해야 인기 없는 배우라는 게 전부인데도 걸어가면서도 눈물이 흐르고 밥을 삼키기도 어려우며 잠을 자다가 한밤중에 깨어나 운다. 그런 내가 불쌍해 죽겠어서 여기저기 하소연을 하고 다니기도 한다.

어렸을 적 꽤 긴 시간 사랑을 흠뻑 받고 컸다. 그럼에도 몇몇 따끔했던 기억들이 있다. 엄마 아빠와 외출해서 버스에서 잠이 들면 나는 어느 순간 어디론가 옮겨져 눈을 떴다. 어떨 땐 아빠가 날 안아서 옮겼고, 엄마가 업었을 때도 있다. 어렴풋이 느껴졌던 그 감각, 잠을 깨지 않은 채 들어올려져 어디론가 가고 있었던, 둥둥 떠다니며 자던 느낌. 그러던 어느 날, 아빠가 굳이 날 깨웠다. 일어나라고, 일어나서 걸어야 한다고 매몰차게 말했다. 나는 끝내 눈뜨고 싶지 않았는데 아빠는 내게 눈을 뜨고 똑바로 걸으라 했다. 징징 울며 투정을 부렸겠지. 그래도 결국은 일어나 졸린 눈을 뜨고 걸어야 했다. 그렇게 유년은 끝났다. 그 짧았지만 서러웠던 느낌을 기억한다. 세상이 내게 자고 싶어도 자지 말고 참으라 말했다. 내 몸은 너무 커져 이제 안겨 다닐 수가 없었다. 아빠가 미웠다.

커가면서 이런 느낌은 자주 찾아온다. 시험을 망쳐 혼이 날 경우, 다른 집 아이와 비교를 당할 경우, 친구들이 내가 아닌 다른 친구를 더 좋아하는 경우. 사랑은 더 이상 충분히 날 감싸주지 않는다. 그건 부당하게 느껴진다. "네가, 당신들이, 세상이 나한테 어떻게 이래?" 하고 자꾸 화를 낸다. 몰래 운다. 내세울 거라곤 간신히 남 앞에서 울지 않고 참는 정도의 '자존심'이다. 그것도 오래가지 못하고 무너지지만.

더 이상 난 특별한 존재가 아님을 너무 잘 아는데도 마음은 번번이 화를 낸다. 나만 이런 취급을 당하는 것 같고, 나에게만 특별히 더 나쁜 일이 닥치는 것 같고, 내 연인만 특별히 더 날 서럽게 한다. '특별히' 사랑받던 존재에서 완전히 뒤집어져 '특별히' 설움받는 존재가 되어버린다.

다행히 서른을 넘기기 전에 하나의 단어로 쥐게 된 작은 성찰이 내가 더 이상 파국으로 치닫는 비극의 여주인공이 되고야 마는 것을 막아주었다. '자기연민'. 그것에 빠지지 않으려고 노력했다. 슬프고 힘든 와중에도 그 단어가 늪으로 빠져드는 것은 막아주는 역할을 했다. 최소한의 이성이 작동하게 해주는 말이었다.

문제는 다른 사람에게도 같은 잣대를 들이대곤 했다는 거다. 늘 그렇듯 나에게보다 훨씬 더 엄격히. 나한테 하소연해오는 친구든, 한때 좋아했던 남자든, 그들에게서 이 자기연민의 냄새만 맡아도 싫은 느낌이 들었다. 참지 못하고 말해 버리는 경우도 있었는데, 대부분 상대는 나의 냉정함에 상처를 받았다. '상처를 받았다'라는 말조차 싫어했던 때였으니 당연히 난 점점 혼자가 되어갔다.

그렇다고 슬프지 않은 것도, 가슴 한구석 찢어지는 듯한 느낌이 사라지는 것도 아니었다. 누군가 만나, 술도 좀 마시고, 했던 얘기 또 하고 또 하면서 좀 후련해지고 위무되는 느낌을 원할 때도 많았다. 실제로 그러기도 했다. 그럼에도 결론은 하나였다. 스스로의 힘으로 '사실'을, 그러니까 이건 나만 겪는 특별한 문제도, 딱히 죽을 일도 아니며, 이렇게 오래 슬퍼하며 에너지를 쏟는 게 어리석은 일이라는 사실을 인정하고 거리를 둘 때 비로소 괜찮아진다는 것, 해결의 여지가 보인다는 것. "그래도 어쩔 수 없어. 그게 마음대로 되는 거냐고!" 항변한다면야, 그야말로 어쩔 수 없다. 나도 수십 수백 번을 겪고 또 겪으면서도 잘되는 건 아니니까. 답은 아는데도 참 고치기 어렵다. 마음의 습관이란.

:
연애해봐야
안다

연애를 하다보면 꼭 부딪히게 되는 문제, '누가 더 많이 사랑하는가'. 내가 좋아하는 만큼 상대가 날 좋아하지 않는 것 같을 때, 왜 날 더 사랑하지 않느냐고 화를 낸다. 그게 마치 상식적으로 맞지 않는 일인 양 상대를 비난한다. 상대는 처음엔 그게 아니라고, 자신은 자신의 방식대로 사랑하는 건데 내가 만족을 못 하는 거라고 변명을 하지만, 시간이 지날수록 실제로 조금씩 덜 사랑하게 된다. 집착을 하면 할수록 상대의 마음은 도망간다. 그런데 상대의 마음이 멀어진다고 느낄수록 내 마음은 점점 더 그에게 집착하게 된다. 일부러 다른 일을 찾아 몰두해보지만 마음은 어느 순간 다시 그에게로 향해 있다. 그래서 세상에서 제일 불쌍한 상태가 되고 만다.

혼자 있는 시간, 전화를 기다린다. 난 늘 만날 준비가 되어 있는데 그는 바쁘다. "지금 바로 갈게"라는 말은 결코 하지 않는다. 서둘러 끊으려는 듯한 느낌에 또 서운한 티를 내고 만다. 만나서도 어색하다. 내가 하는 말은 내가 들어도 별로 재미가 없다. 그의 반응이 시큰둥하다. 가끔 농담처럼 툭 던지는 핀잔에 가슴이 온통 무너져내린다. 손을 맞잡고 있어도 외롭다. 나는 불쌍해 보이지 않으려고 점점 더 화난 얼굴이 된다.

그러다 크게 싸우고 한동안 연락을 하지 않고 지낸다. 길을 걸을 때 어디선가 슬픈 음악이 흘러나오는 것만 같다. 친구를 괴롭힌다. 입만 열면 그에 관한 얘기다. "진짜 너무하지 않냐?" 그의 냉정함과 무심함은 무언가 인격적 결함을 상징하는 거라는 듯이 성토한다. "진짜 너무하네" 맞장구 쳐주던 친구도 몇 번씩 반복되다보면 지친다. 그런 사람 차버리라고 한다. 헤어지라고, 내가 백배는 더 아깝다고 더 좋은 사람 만나게 될 거라고. 날 아껴주고 충분히 사랑해줄 사람을 만날 거라고.

문득 다정했던 지난 사랑이 떠오른다. 그렇게 잘해줬는데 나는 왜 그를 찼던가? 언제부턴가 서서히 식어갔던 내 마음을 떠올린다. 그의 다정함을 지루해했지. 그는 변함없이 애틋한데 난 왜 그랬던가? 너무 한결같았잖아, 발전이 없고. 혼자 묻고 답하는 사이 겁이 난다. 아, 내가 벌 받는구나. 그럼 결국 나도 차이겠구나. 그러면서도 먼저 돌아서기까지는 한참이 걸린다. 눈 질끈 감고, 헤어지자고 말해본다.

이별해놓고도 몇 번 더 그를 찾는다. "나 안 보고 싶었어?"라고 묻고야 만다. 머뭇거리다 성의 없는 그의 "보고 싶었지"에 또 가짜 안도를 한다. 또다시 반복되는 마음. 그렇게 스스로의 마음에 수십 차례 같은 자리, 같은 상처를 그어놓고서야 그 일을 그만둔다. 물론 아주 그만두는 건 아니다. 한동안, 그러니까 다른 사람이 나타날 때까지는.

지루함을 견뎌내는 사랑도 없진 않다. 몇 번의 위기를 겪으면서 멀어질 대로 멀어졌던 마음이 그래도 완전히 끊어지지 않고 다시 이어지고 어떤 사건이나 고달픔을 함께하면서 단단해지기도 한다. 그런 사랑은 열정보다는 우정이나 신뢰 같은 성분이 많은 부분을 차지한다. 이럴 때 그 사랑을 가치 있게 여기고 소중히 지켜나가는 것도 쉽지 않다. 그건 두 사람 모두에게 '인격적 성숙'을 요구하는 일이다. 감정뿐 아니라 이성도 필요하고 집착이 아닌 배려를 할 줄 알아야 가능한 일이다.

한 사람을 사랑해봐야 안다. 내가 무엇에 끌리는지, 어떨 때 행복한지, 얼마나 찌질하고 잔인한지, 얼마나 자주 작은 일에 상처받고 자기연민에 빠지는지, 감정이라는 게 얼마나 쉽게 변하는지, 연애해봐야 안다. 그게 어떤 형태의 사랑이든 해보면 해볼수록 자신에 대해 더 잘 알게 된다. 우리 인생에서 연애만큼 매순간 자기성찰을 필요로 하는 일도 없으므로.

:
:

사랑한다면
당연히?

사랑한다면, 아무리 바빠도 연락하고 만나려는 노력을 해야
하는 거 아냐? 좀더 다정히 말해야 하는 거 아니냐구. 친구
랑 같이 만나는 건 데이트로 안 쳐. 누구보다 나와 함께 있는
걸 제일 좋아해야지. 내가 아플 땐 달려와야 돼. 다른 사람
이야기가 아닌 서로의 생각과 마음을 나누는 것만이 진정한
대화야. 내가 좋아하는 걸 함께 좋아하려고 노력해. 내가 싫
다는 건 하지 마. 늘 나를 예쁘다고 생각해줘야 해. 날 울게
하지 마. 울고 있으면 달래줘. 더 싸우려 들면 안 돼. 나와 생
각이 다를 순 있지만, 그럼 차근차근 설명해서 날 이해시켜.
매일 진심이 담긴 목소리로 사랑한다 말해야 해.

내겐 이런 게 당연한 사랑의 의무였다. 사실 많은 부분, 지금도 유효하다. 그게 첫 연애에서 갖게 된 '사랑'이라는 그림이었다. 자상하고 한결같던 첫사랑 때문에 그 이후 내 연애들은 순탄치 않았다. 만족할 수가 없었다. 나를 사랑해주는 방식이 성에 차지 않았고 대화의 깊이도 친밀감도 너무 얕았다. 젊고 어리석은 나는 곧잘 화를 내곤 했다. 그런데 그렇게 날 서운케 하는 상대에게 난 더, 더 매달리게 되었고 어찌할 바를 몰랐다. 화내고 울고 돌아서고 따지고……

상대도 곤혹스러웠을 거다. 그러니까 그 '상식적이고 당연한 명제들'은 순전히 내 첫사랑의 경험에서 나온 내 생각인데도, 첫사랑과는 전혀 다른 성격, 다른 취향, 다른 가치관을 가진 사람들에게 "당연히, 이래야 하는 것 아냐?" 하면서 요구했으니 얼마나 부담스러웠을까 싶다. 누군가에게 사랑이란 말하지 않아도 알고 있고, 만나지 않아도 함께 있으며, 다른 친구, 사회생활 속에 방해되지 않는 위치 어디쯤엔가 놓여 있을 수 있다는 것을 서른이 훌쩍 넘어서야 알게 되었던 것 같다.

그래서 더 이상 "당연히 이래야 되는 거 아냐?"라고 말하진 않게 되었다. 대신 "나는 이렇게 해주는 게 좋아"라고 말한다. 그렇게 하고 안 하고는 상대방의 마음이다. 잘 안 될 때가 더 많고 그런 경우 오래가지 않았다. 아프긴 해도 상처가 되어 남거나 하진 않는다. 다른 것뿐이니까.

오히려 내게 "당연히 이래야 되는 거 아냐?"라고 자꾸 얘기하는 사람과 더 빨리 헤어졌고 그런 경우 아프지도 않았다. 그러면서 과거 내가 했던 그 말이 무척 부끄러워지고 미안해졌다. 내가 받았다고 생각했던 상처란 결국 내 생각, 내 고집에 의해 괜한 사람을 가해자로 만들어가며 저지른 자해였음을 알게 된 거다. 지금도, 연인이 아니더라도, 관계에서 "당연히 ~해야" 운운하는 사람들하고는 잘 안 친해진다. 조금 거리를 띄워놓는 게 내 뜻과 상관없는 상처자국을 남기지 않는 법임을 깨달았기 때문이다.

나와
다른 사람과
연애하는 법

나와 아주 다른 가치관을 가진 사람과 연애를 해본 경험이 있다. 가장 다른 부분은 '성 역할'에 관한 인식이었다. 예를 들어 그는 시어머니에게 아이를 맡기고 일하러 나가는 여자에 대해서 화를 냈다. 어떻게 자기 자식을, 자기 일을 위해서, 다른 사람 손에 맡길 수가 있냐는 것이었다. 그것도 시어머니 손에. 이 얘기만 가지고 한 서른 번은 다퉜던 것 같다. 아무리 얘기해도 그의 생각은 바뀌지 않았다. 그가 아무리 얘기해도 내 생각 역시 바뀌지 않았다.

그는 내가 요리를 잘하길 바랐다. 결혼한 친구 집들이에 함께 갔다가 그 친구의 아내가 해준 요리를 칭찬하고 또 칭찬했다. 난 그녀가 늦은 시각에 코피를 흘렸던 게 맘에 걸렸다. 또 내가 춤추러 다니는 걸 무척 싫어했다. 마지막에 결국 그 문제로 헤어졌다. 무척 많이 싸우면서도 이상하게 헤어지기 싫어하는 사람은 나였다.

그 사람 생각에 절대 동의하지 못하면서, 그의 요구를 들어주지도 않으면서, 사사건건 시비 걸고 싸우면서, 결국 헤어진다. 생각하면 마음이 너무 아팠다. 내게 그닥 잘해주지도 않았다. 한창 일을 시작하고 배우는 단계였던 사람이라 만나기도 힘들었고 통화도 쉽지 않았다. 난 주로 전화로 그를 괴롭혔다. 왜 전화하지 않느냐고 전화해서 화냈다.

가치관의 문제로 싸울 때의 나는 여성의 권리를 얘기하는 입장인데, 두 사람의 관계에 있어서는 내가 훨씬 종속적이었다. 그의 전화를 늘 기다리고 내게 다정하게 대해주길 원했으니까. 나와 다른 사람을 사랑하면서 끝끝내 내 요구대로 해주길 원한다. 그것도 "네가 그러는 건 상식적으로, 보편적으로 옳지 않아"라고 따지면서. 그럴수록 당연히 상대의 마음은 멀어진다.

왜 그랬을까? 그의 다정함, 배려, 사랑을 따지고 싸워서 얻으려고 했던, 화내는 걸로 표현했던 그때. 그렇다고 지금은 전혀 그러지 않느냐면 그건 아니다. 그게 누구든 상대의 마음을 얻고자 할 때 말로, 따져서 얻어내겠다는 시도가 어리석다는 걸 알면서도, 아직도 종종 그런다. 상대에게 맞출 생각은 없으면서 상대는 내게 맞추길 원한다. 많은 사람들이 그러는 것처럼.

:
:
사랑하지
않는
당신에게

왜 당신에게 관심 가져주지 않느냐고, 왜 당신을 특별히 생
각해주지 않느냐고, 왜 당신을 좋아해주지 않느냐고, 왜 당
신을 사랑하지 않느냐고, 왜 당신을 처음처럼 사랑해주지
않느냐고, 왜 당신을 영원히 사랑한다 약속하지 않느냐고,
왜 당신이 원하는 방법으로 표현해주지 않느냐고, 왜 당신
이 원하는 말을 들려주지 않느냐고, 왜 당신이 싫어하는 짓
을 하느냐고, 왜……

    …… 당신은…… 누구세요? 당신은 당신이 누구라고 생
각하세요? 내 마음을 당신 마음대로 해야 한다고, 할 수 있
다고 생각하세요? 당신이…… 뭔데요?

그러면서 희생자인 듯, 피해자인 듯, 상처받은 듯, 슬픈 얼굴로 나를 보네요. 미안하다는 말이라도 하길 원해요?

싫어요, 안 할래요. 난 단지 당신을 좋아하거나 특별하게 생각하거나 사랑하지 않는 것뿐이에요. 당신이 날 사랑한다 해도 그건 내가 원하는 것도 아니에요.

그러니 당신 맘은 당신이 다독여줘요.

내 맘에 간섭할 생각 하지 말구요.

"사랑하니까"라는 말로 내 맘을 당신 맘대로 주무르고 싶어하는 그 '지배의 마음'을 부디 거두어주세요.

그럴 수 없다구요? 곧 죽어도 사랑이라구요?

날 괴롭히는 게 사랑이라고 우기는군요. 그래요, 그럼 마음대로 해요.

당신은 당신 맘대로, 나는 내 맘대로.

난 더, 더 멀리 도망갈 거예요. 당신의 그 얼굴, 불쌍해 보이는 얼굴, 당신의 그 목소리, 슬픈 목소리, 당신의 그 말투, "상처받았어요"라고 주장하는 그 말투로부터 멀리, 아주 멀리 도망갈 거예요. 그 무엇도 닿지 않게.

시간이 흐르죠. 그래요, 어쩔 수 없는 약간의 죄책감이 느껴져요. 그거라도 더 키워볼 생각일랑 하지 말아요. 죄책감이 커질수록 도망가고 싶은 마음은 더 커지니까.

그제야, 아무것도 바라지 않는다고, 친구라도 되고 싶다고, 가끔 얼굴이라도 보게 해달라고 애원하는 당신. 믿지 않아요. 아니 그러고 싶지 않아요. 여전히 내비치는 그 '희생자의 냄새'를 견딜 수 없어요.

그러니 가요. 그냥 가요. 잊어요. 무슨 수를 써서라도 잊어요.

자신에게 집중해요. 자신의 마음을 들여다봐요.

자신의 얼룩진 마음, '자기연민'으로 꽁꽁 묶어둔 마음을 풀어버려요.

세상 모든 사람이 당신을 사랑할 수는 없는 거잖아요? 그렇게 대단한 사람도 아니잖아요?

당신을 한때 사랑했다 해도 변할 수 있는 거잖아요?

당신 탓도 있고 내 탓도 있는 거겠죠. 아무튼 돌아서는 것도 내 마음, 내 자유잖아요.

당신이 화를 내고 슬퍼한다고 다시 돌이켜지는 게 아니잖아요.

당신의 어떤 점을 내가 못 견딜 수도 있는 거잖아요.

나 역시 누군가에겐 그런 존재인 적 있어요. 난 한때 '당신'이었고, 당신도 분명 '나'인 때가 있었을 거예요. 그렇다고 내 전체가 몹쓸 지경인 건 아니라구요.

사랑을 해요, 부디. 자신을, 그리고 있는 그대로의 상대를.

당신을 사랑하지 않는 상대의 마음을 있는 그대로 인정해주고 존중해주는 게 사랑이에요.

가고 싶다면 보내주는 게 사랑이에요. "나는 어쩌라고!" 따져물어도 해줄 게 없어요.

당신을 사랑하지 않으니까 뭐든 해줘야 될 이유도 없어요.

그냥 가게 둬요. 가뿐히 가도록 놓아줘요.

그렇게 하면 적어도 당신이란 사람이 "아, 나를 위해 이렇게 해주는구나" 하는 건 믿게 될 거예요.

적어도, 도망가고 싶고 피하고 싶은 무서운 존재는 되지 말아줘요.

그런 사람 아니잖아요. 그렇게 기억하고 싶지도 않아요.

부디 놓고, 당신의 길을 가요. 그리고 앞으로도 행복하길 바라요.

다른 사람을 행복하게 해주길 바라요.

이만, 안녕.

춤

춤추는 걸 좋아한다. 잘 추지는 못하지만 음악에 맞춰 흐느
적흐느적 몸을 움직이는 걸 좋아한다. 춤 친구가 있었다. 연
우무대에서 함께 공연했던, 나보다 조금 어린 후배. 그 친구
와 꽤 오래 춤추며 놀았다. 그녀는 잘 단련된 춤사위를 가지
고 있었다. 어떤 춤이든 보고 따라 출 수 있는 능력이 있었
다. 둘이 홍대 클럽에 가면 술도 안 마시고 음료수만 마시면
서 춤을 췄다. 땀이 뻘뻘 나고 숨이 차도 쉬지도 않았다. 가
끔 말을 걸어오는 남자들은 무시했다. 그저 춤을 출 뿐이었
다. 당시 유행이던 테크노는 비트도 일정해서 춤도 다 같이
일정하게 춘다. 많이 움직이지 않는다. 우리 둘은 달랐다. 마

음 가는 대로, 몸 가는 대로 췄다. 꼴불견으로 보였을 수도. 그런데 그렇게 추다보면 가끔 비슷한 춤꾼이 옆으로 와 같이 출 때도 있었다. 말을 걸진 않는다. 그저 옆에서 우리처럼 멋대로 춤을 춘다. 동작을 주고받기도 한다. 여자도 있고 남자도 있었다. 그렇게 제대로 신이 나서 추다가 거의 마지막으로 클럽 밖으로 나와보면 뿌옇게 날이 밝아오고 있었다. 술을 마신 것도 아니었기 때문에 기분은 상쾌하고 몸은 가벼웠다. 여기저기 술 취해 비틀거리는 사람들, 구석구석 쌓여 있는 쓰레기와 토사물과 승강이를 하고 있는 남녀가 보이는 풍경. 그 거리를 씩씩하게 걸어 집으로 돌아와 달게 잤다. 의미라든가 목적이라든가 상관없이 이렇게 열심일 수 있는 일들이 있다. 잘하고 싶은 욕망도 없었다. 그저 즐길 뿐이었다. 춤을 추는 동안 아무 생각도 나지 않았고, 내가 나라는 의식도 없었다. 누구에게 근사하게 보이려고 추는 것도 아니었고 취해야 하는 것도 아니었다. 혼자 추는 것보다 누군가 있으면 더 좋았고 그럴 때 춤도 달라진다. 대화 같기도 하다. 함께 춤추는 순간의 그 진한 느낌이 오래오래 기억에 남는다. 나는 춤추는 걸 좋아한다.

숨을 보다

명상, 그중에서도 '위빠사나'라는 가장 기본적인 명상을 접한 건 4년 전의 일이다. 틱낫한과 달라이라마의 책을 읽고 큰 위안을 얻을 때였다. 이렇게 책을 통해 위안을 얻는 것과 그들이 말하는 '수행'을 직접 해보겠다고 마음먹는 것, 그리고 실제로 하는 것 사이에는 꽤 큰 간극이 있다.

위빠사나 명상, 그저 자신의 호흡을 관찰하는 게 전부인 그 단순한 명상을 배우기 위해 작은 선원을 찾았다. 근본불교라고 하기도 하고 남방불교, 소승불교라고 말하기도 한다. 석가모니, 고타마 싯다르타의 생전 행적과 수행법만의 간소함을 따르면서, 자기 수행을 가장 중요하게 여기고 늘

고요히 호흡하고 있는 그곳의 분위기가 마음에 들었다. 아무래도 조금은 얼굴이 알려진 터라 호기심 어린 사람들의 시선이 느껴지기는 했다. 그래도 크게 개의치는 않았다. 서늘했던 공기, 첫날, 반가부좌임에도 10분 이상 앉아 있기가 힘들었던 통증, 그래도 조금씩 마음으로 흘러들어오던 평화. 10분이 30분이 되고 한 시간이 되어갔다.

또 하나 배운 게 걷는 명상. 천천히 걸으며 이번엔 의식을 발에 두는 것이다. 발이 지면에 닿는 순간에 의식을 모은다. 발가락끝부터 중간 발뒤꿈치까지. 이렇게 걸으면서 떠오르는 다른 생각들에 사로잡히지 않고 계속해서 발바닥으로 의식을 집중한다. 머릿속이 차분해진다. 걱정도 바람도 잠시 떠올랐다 사라진다. '지금, 여기'로 끊임없이 돌아오는 연습.

하루 중 어느 때고 잠시라도 이렇게 걷거나 앉아 '지금, 여기'의 감각, 호흡으로 돌아오는 습관을 가지게 된 건 정말 든든한 일이다. 걱정과 후회와 두려움에서 가뿐히 벗어날 수 있음을 체험하는 것. 생각으로 만들어내는 그 수많은 괴로움에서 자유로워질 수 있음을 안.다.는.것. 그렇게 매일을 살 수 있으면 할 수 있는 일은 훨씬 많아지고 억지로 해야 할 일들은 줄어든다. 사는 게 가벼워진다.

:
하고 싶은
걸
하고 산다

하고 싶은 걸 하고 산다는 것. 솔직히 고백하자면 난 그게 왜 어려운 일인지 잘 모른다.

"그게 맘대로 돼? 현실은 그게 아니잖아." "사회생활 하다 보면 하고 싶은 일이 아니라 해야 되는 일을 하는 경우가 훨씬 많지." "가족이나 주변사람들 생각 안 해?" "결혼해봐라. 그게 되나." "애 낳아봐라. 그게 되나." 누군가 내게 '하고 싶은 걸 못 하고 사는 심정'을 하소연해올 때 "그냥 하고 싶은 대로 해"라고 말해주면 나오는 반응들이다.

다들 이유가 있다. 흔히 말하는 '현실'이라는 거. 그런데 정말 난 잘 모른다. 그야말로 '먹고사는 것' 때문에 심각하

게 걱정할 만큼 가난해져본 적이 없어서 그런가? 이 말이 그
러니까 평생 한 번도 돈 걱정 안 해보고 유복하게 살았다는
말로 읽히지 않길 바란다. 말 그대로 밥이 없어서 끼니를 걱
정해본 적은 없다는 뜻이다. 그리고 내게 '하고 싶은 일 하
기'로 고민을 말해오는 사람들 중에 그 정도로 가난한 사람
은 없었다. 가족의 생계를 책임지고 있다거나 미래에 대한
어떤 대책도 세울 수 없을 정도로 빠듯하다거나 하는 정도
였다. 그 사정을 알고 나서도 난 결국 속으로 "왜 못 하지?"
라고 묻게 된다.

난 그때그때 하고 싶은 걸 하며 살아왔다. 물론 제일 처음
부딪혔던 건 부모님의 뜻이었다. '의사'가 되라고 다섯 살
때부터 듣고 자랐는데 독문학을 전공하겠다고 문과로 옮겼
고, 그렇게 우겨서 간 대학에서 공부는 안 하고 열심히 집회
나 철거현장을 쫓아다녔고, 졸업을 앞두고는 덜컥 연극을
시작해버렸다. 주변에서 말리든 말든 끌리는 사람들과 연애
를 했고, 호된 경험도 했고, 그러다 만난 지 6개월밖에 안 된
사람과 결혼을 했으며, 결혼 후에도 소위 '아내의 역할'하고
는 거리가 먼 생활을 했다. 혼자 훌쩍 뉴욕을 다녀왔고, 인도
를 다녀왔고, "연기자답지 않다"는 말에 아랑곳하지 않고 이

러저러한 사회활동을 해왔다. 파업현장에 가고 크레인에 올랐다. 임신해서 〈버자이너 모놀로그〉를 공연한다고 했을 때도 많은 걱정을 들었다.

지금은 나를 잘 아는 사람들, 그러니까 부모님과 남편은 나를 그냥 내버려둔다. 뭘 하라 말라 말하지 않는다. 소용없다는 것도 알고, 나는 '내 인생'을 살 뿐이란 것도 잘 알기 때문이다. 오히려 가끔 연락하고 사는 친구나, 요즘은 트위터를 통해 알게 된 사람들이 가장 많이 걱정하고 더 나아가 '간섭'까지 한다. 가장 많이 듣는 말은 "연예인이면 연예인답게 행동하라"거나 최근엔 "소셜테이너로서 이런 발언이나 행동은 해야 되지 않나" 하는 거다. 나는 그저 웃는다. 그 말들에 좌우되어 내가 "예, 그렇게 하겠습니다"라고 할 거라고 믿는다는 게 의아할 뿐이다.

하고 싶은 대로 하고 살아서, 혹자의 눈에는 잠시 손해를 보는 것처럼 보일 수도 있겠다. 연기자로서 불이익을 얻는다든지, 부모님이나 배우자의 마음을 아프게 한다든지 하는 걸로 말이다. 경험해본 바로는 이런 손해는 일시적인 것이다. 결국은 내가 하고 싶은 대로 해서 스스로 행복하고, 실패나 실수조차도 기꺼이 자신의 책임으로 껴안으며 사는 게 훨씬 가뿐한 삶이다. 마음속에 미련이나 원망을 품고 사느니, 걱정해주는 사람들에게 "내 마음대로 해서 죄송합니다"라고 웃으며 말할 수 있는 게 훨씬 낫다. 내가 사는 모습이 행복해 보이면, 아니 그냥 아무렇지 않아 보이면 그들도 결국은 안심을 하게 되고 내버려두게 된다. 오히려 응원을 해주는 경우가 훨씬 많다.

혹여 실패를 하거나 마음이 바뀌어 다른 일을 하게 되더라도 상관없다. 내가 선택한 일이어도 당연히 실패할 수 있고, 포기할 수 있고, 다른 게 더 중요해질 수도 있다. 그렇더라도 그건 내가 사는 방법이다. 주변에서 "거봐라, 내가 뭐랬냐, 그건 잘 안 될 거라 하지 않았냐"라고 한마디 한다 해도 "음, 그렇군요" 정도로 답해주면 그들 대부분 만족해한다. 그렇다고 그들 말을 듣지 않은 걸 후회한다는 뜻은 아니다. 해보지 않으면 모르는 거였고 그 실패의 경험 역시 소중한 내 인생의 한 부분이 되어주는 거니까.

부모님은, 선배는, 친구는 자신의 삶과 경험 속에서 판단하고 있는 거다. 그들 역시 그들의 주변에서 영향을 받아 '안전하겠지' 싶은 길을 걸어온 거다. 그러니 그 삶의 바깥은 잘 모른다. 모르는 것은 두려움이 된다. 미지의 것에 대한 막연한 두려움. 한두 번 건너다본 '실패의 예'들은 그 두려움을 공고히 확인시켜준다. 그래서 확신에 찬 목소리로 말한다. 다수가 가는 길이 안전하며, 하고 싶은 일이 아니라 해야 할 일, 할 수 있는 일을 하는 게 낫다고. 그래야 실패해도 덜 위험해진다고.

자신의 판단, 결정, 행동의 근거가 결국 '두려움'인지 잘 살펴볼 일이다. 막말로, 죽기밖에 더 하는가 말이다. 누구나 언젠가는 죽을 거고 그게 언제인지는 아무도 모른다. 아무리 용을 써봐야 언제 죽을지 어떻게 죽을지 내가 결정할 수 있는 문제가 아니다. 그렇다면 최대한, 있는 힘껏 하고 싶은 대로 하고, 행복하게 사는 것 외에 다른 방법은 없다는 결론이 쉽게 얻어진다. 물론, 어떨 때 행복한지를 먼저 알아야겠지만. 그러니 "하고 싶은 걸 못 하고 살아서 힘들어요"라고 내게 물어오는 후배들에게 해줄 수 있는 얘기는 별로 없다. 자신의 '선택'만 남은 문제이기에.

나
좋자고

만화책 보는 거 좋아하고 연애하면서 스킨십하는 것도 좋아
하지만, 맨날 만화책만 보고 만날 때마다 스킨십만 한다면
또 금방 물려버릴 것이다. 이게 참 까다로운 문제다. 좋으면
좋기만 할 것이지 왜 시간이 지나면 변하는가 말이다. 지루
해지고 아무렇지 않아지면 다행이고, 어느 순간 아예 질려
버리면 싫어지기까지 한다. 그래서 이 '행복'을 지속시키기
란 쉽지 않은 일일 거다.

어떤 일을 할 때 그게 꼭 내게 이익을 주는 일이 아니더라
도 하게 될 때가 있다. 흔히 취미라고 하는 일들이 그렇다.
재미있고, 시간 가는 줄 모르고, 쉽게 질리지도 않고. 어쩌면

손익을 따지지 않기 때문에 그렇게 즐길 수 있는지도 모르겠다. 그런데 이 일이 내가 아닌 누군가를, 불특정다수에게 도움이 되는 일이라든가, 내가 포함된 이 세상이 '내가 생각하기에' 좀더 나아질 수 있는 일이라든가 하면 더욱 힘이 난다. 재미도 있고 의미도 있다. '재미'와 '의미'를 함께 가지는 일. '인생, 어떻게 살 것인가' 생각하게 될 때 이 두 가지를 취할 수 있다면 대체로 행복한 삶이라 말할 수 있지 싶다.

이때 내가 더 중요하게 생각하는 건 재미다. 의미야 어떻게든 있게 마련인 일이라면 그 일을 하는 내 마음은 "의미있는 일이야"라고 하는 것보다 "재미있는 일이야"라고 하는 편이 가볍고 편하다. 반짝반짝 새로운 아이디어도 떠오르고 일을 망칠까봐 눈치 보거나 남이 해왔던 방식대로 하려 하지도 않게 된다. 보통 이런 '의미있는 일'들은 이 '의미'에 초점이 맞추어져 자꾸 의미만 부각시키는 경우가 많고, 사람들에게도 이 의미에 대해서 설득하고 호소하는 경우가 많다. 그런데 사람의 마음이란 아무리 의미가 있어도, 아니, 의미만 있으면 더더욱 부담을 느끼고("내가 할 수 있을까? 뭘 잘못하면 어떡하지?") 귀찮음을 이겨내기도 힘들다. 그걸 하는 모양새가 뭔가 신기하고 쉽고 신선하면 자기도 모르게 옆에

서서 구경이라도 하게 되고 같이 하고 싶게 된다. 그러니 많은 사람들과 함께 해야 좋은 일일수록 가장 먼저 자신이 즐거운 방식으로 가볍게 하는 게 중요하다. 스스로에게 정말 솔직해야 한다.

사람들이 내게 왜 '사회적인 이슈'에 참여하게 되느냐고 물을 때 주로 "나 좋자고" 또는 "그게 행복해서"라고 말하게 된다. 진심으로 좋아서, 행복해서 하고 있는 일이어야 힘이 붙는다. 누군가의 부탁 때문에, 의리 때문에, 당위 때문에 하게 될 수 있다. 옳은 일이라 생각돼서 할 수 있다. 하지 않으면 죄책감이 들까봐 할 수 있다. 시작이 그렇더라도 재미있게 웃으며 한다면 그 과정 자체가 행복이 될 수도 있다. 빨리 결과를 바랄수록 오히려 빨리 지친다. 느긋하게 순간순간을 즐기면서 하다보면 당신과 함께 웃는 많은 사람들이, 적어도 당신만이라도 행복할 수 있다. 그러니 생색 낼 일도, 절망할 일도 없다. 그저 나 좋자고, 나 행복하자고, 할 뿐이다.

행복해지는
능력

'행복'이라 하면 어떤 그림이 떠오르나. 나는 가장 먼저 햇빛이 쨍한 맑은 가을날이 떠올라. 상쾌하고 약간 차가운 공기, 아주 부드럽게 부는 바람, 까마득히 높은 하늘. 이 정도만 돼도 벌써 행복해지네. 조금 더 구체적으로 생각하자면 탁 트인 공간, 나무 그늘 정도가 되겠어. 멀지 않은 곳에 물가가 있으면 더 좋겠고, 도서관도 있으면 좋겠다. (음, 물가와 도서관이 같이 있긴 어렵겠다.) 바로 곁에 재밌게 읽을 수 있는 소설 한 권이 있으면 좋겠고, 당연히 사랑하는 누군가가 옆에 있으면 좋겠어. 살짝 취할 수 있는 가벼운 술이 있고, 몇 가지 간식거리가 있으면 더 좋겠지. 내 몸 어딘가에 몸을 붙

이고 있는 우리 개 순이도 있다면야······

이게 내가 '행복' 하면 떠오르는 그림이야. 실제로 이 상황에 자주 있어봤고 날씨만 좀 따뜻하면 당장 이렇게 할 수도 있지. 집에서 멀지 않은 곳에 한강공원이 있고 가족공원도 있으니. 여행을 간다 해도 결국은 그렇게 보낸 시간이 가장 기억에 남아. 내가 원하는 행복이란 이토록 손쉬운 거더라. 그러니 별 걱정이나 어려움을 느끼지 못하고 살고 있는지도 모르겠어.

그렇다고 매일 저러고만 있고 싶은 것도 아니야. 곧 지루함으로 바뀔 테니까. 한가로울 수 있을 때 한가로우면 되지. 바쁠 땐 바쁘게 지내고. 그러다 지치면 그 순간 딱 놓고 쉬는 거야. 하루, 아니, 한나절 햇빛, 물, 바람 곁에서 알딸딸하게 쉬고 나면 몸과 마음은 다시 에너지를 얻게 돼. 그 정도도 시간이 나지 않을 때면, 그저 자고 일어나 창문을 열고 잠시 몇 분이라도 느껴보는 거야. 새롭게 바뀐 공기와 햇빛, 변해가는 계절 한때의 냄새, 가만히 앉아 눈을 감고 그렇게 잠시 정지해 있는 것. '더 이상 아무것도 바랄 게 없는' 상태가 되어보는 것, 그렇게 5분이든 10분이든 자신을 행복한 상태에 두는 건, 쉽고 간편한 일이야. 내게 행복은 그리 어렵지 않아.

그 외에도 행복하다고 느끼는 일은 많은데, 가장 확실하게 좋아하는 순간은 역시 '몰입'이지! 연기를 할 때, 정신없이 빠져드는 책을 읽을 때, 그림이든 사진이든 "아" 하고 감탄하게 될 때, 사회적인 이슈든 개인적인 의문이든 어떤 '문제'를 풀기 위해 골몰하고 있을 때, 그리고 연애를 할 때. 몰입이라는 건 그러니까 '생각을 잊게 되는 일'인 것 같아. 끊임없이 생겨나고 사라지는 생각들. 그중에 특히 부정적인 생각, 걱정이나 근심 같은 생각은 시도 때도 없이 나를 사로잡으니까. 그래서 대부분 그저 그런 기분으로 시간을 보내게 되잖아. 그러다 무언가 다른 대상에 몰입하게 되면 그런 고민을 그 순간 잊게 되니 행복해지는 거지.

그런데 여기서도 다른 문제가 생겨. 그저 몰입하고 행복해지는 것으로 끝나면 좋은데 그 결과의 성패에 집착하게 돼. 연기에 몰입하는 즐거움은, 연기자로서 얼마나 성공할 것인가 하는 생각에 사로잡히는 순간 사소해지거나 사라져버리지. 책이든 그림이든 이걸 읽고 보는 게 어떤 도움이 될 것인지를 따지는 순간, 문제를 푸는 즐거움은 풀지 못했을 때 욕먹을 일을 생각하는 순간 스트레스로 바뀌어. 연애만 하더라도 그의 모습, 미소, 행동, 말투에서 아름다움을 느끼고 미소가 절로 나다가 그런 그가 나를 좋아하는지 아닌지, 심지어 좋아한다면 얼마나, 또는 언제까지 좋아해줄 것인지를 따지기 시작하면서 괴로움으로 바뀌어. 연애의 경우는 나 자신뿐 아니라 상대 역시 괴롭히게 되니 더 심각한 일이네. 정말이지 손해나는 짓이야. 어리석기 짝이 없지. 그런데 이러기가 쉽다는 게 가장 큰 문제. 몰입만으로 충분히 행복한데 결국은 두려움과 욕심에게 그 자리를 내어주고 말거든. 그러니 어디 가서 괴롭다고 하소연하는 걸 조금은 부끄러워해야 한다고 생각해. 나의 어리석음 때문에 주어진 보석을 자꾸 돌멩이로 바꾸고 있으니까.

그렇다면 행복해지기 위해 필요한 건 나를 찾아오는 행복이 아니라 나 스스로 '행복해지는 능력'이 아닐까? 이 능력이야말로 어렵지 않게 얻을 수 있음에도 쉽게 얻지도 못하는 것 같아. 연습이 필요해. 연습에 집중해야 해. 자신을 마음을 들여다보고 거기 끼어 있는 돌멩이들을 자꾸 치워 버릇하는 연습. 여기서 자꾸 '남 탓'하는 마음을 내면 이 돌멩이는 자꾸만 더 무거워진다구. 이렇게 말하면 "그럼 내가 괴로운 게 다 내 탓이란 말이냐?"라고 억울하다는 듯이 따져 물을지도 모르겠다. 다만, 누구 탓도 아닌 경우에도 꼭 누군가, 하다못해 자신 탓이라도 해야 하는 것도 일종의 습관처럼 보이니까 하는 말이야.

우리, 그냥 좀 들여다보자. 가만히, 천천히. 자신의 행복을 자꾸 괴로움으로 바꾸고 있는 게 무엇인지. 그걸 어떻게 하면 고칠 수 있는지. 그러고 나서 다시 한 번 '행복'을 떠올려 보는 거야.

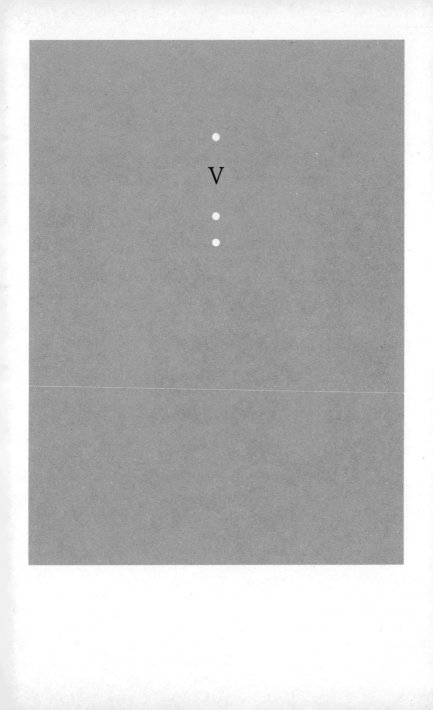

V

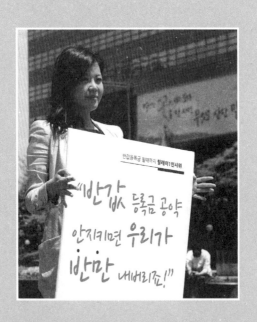

누구일까요

이 글이 무엇에 대해 쓰이게 될지 저도 모르겠습니다. 마음 속 여러 사람들이 아우성칩니다. 흐느낍니다. 아니 눈물도 흘리지 못하고 먼 산만 바라봅니다. 오래되고 오래된 문제들, 가장 가까운 얘기부터 해볼까요. 부산 영도 한진중공업 85호 크레인 이야기부터요. 300일이 되는 날 공개적으로 전화통화하는 자리에서 저는 울었지만 그녀는 웃었습니다. 건강하셔야 한다는 제 당부에 당신이나 잘하라고, 아프지 말라고 하셨습니다. 끝끝내 '절차상' 문제가 없다며 사측의 손을 들어준 중앙노동위원회의 발표가 있던 날, 지켜보던 사람들의 가슴이 철렁 내려앉던 날, "우선 모두의 생활이 걸린

한-미 FTA 강행처리를 막아야 합니다. 수많은 한진이, 수많은 해고노동자가 생길 수 있습니다. 관심 가져주십시오"라고 말하던 사람입니다. 땅을 밟지 못하고 300여 일을 떠 있던 그녀의 발은, 이 땅에, 자신만이 아닌 모두의 삶 속에 굳건히 자리잡고 있었나봅니다.

대학수학능력시험 치는 날. 자식의 시험에 차마 행운을 빌지 못하던 아버지가 있습니다. 한진의 해고노동자입니다. 대출을 받을 수도 없어 사채로 생활을 이어가는 형편에 대학 등록금은 엄두를 낼 수가 없는 아비입니다. 대학에 들어가면 아르바이트에 등이 휠 아이 생각에 가슴이 무너져도 이 부당한 해고를 받아들일 수 없어 크레인 앞을 떠나지 못하는 아비입니다. 조금 더 오래전에, 결국 목숨을 끊은 다른 아비가 있던 그 자리이지요.

조금 더 거슬러 올라가보면 IMF 때, 나라의 경제를 되살리기 위해 '조정'되었던 수많은 부모들이 있습니다. 나이 50도 되기 전, 아직 대학을 다니는 자식, 대학을 가고 싶어하는 자식이 있던 그 부모들이 있지요. 회사를 쫓겨나 알량한 퇴직금으로 작은 가게라도 해보려 했던 수많은 사람들은 그 돈마저 다 잃고 빚더미에 앉았지요. 어디 버틸 수가 있나요?

커다란 대형마트에, 통닭집, 꽃집, 빵집 할 것 없이 그 큰 덩
치의 대기업들이 골목상권까지 다 들어왔는데요. 경비일도
청소일도 구하기 쉬운 게 아닙니다. 훨씬 더 젊은 소장에게
머리 숙여야 하고 잘릴까 두려워 최저임금을 포기하겠다는
각서를 써야 합니다.

올림픽을 한다, 월드컵을 한다, 아무튼 뭘 한다고 할 때마
다 살던 자리에서 쫓겨나던 사람들은 어떻구요. 더 외진 곳
으로, 더 불안한 곳으로 쫓겨나고 또 쫓겨납니다.

올해 돌아가신 많은 분들 중에 또 빼놓을 수 없는 분들이
있죠. 우리 정부의 무관심 속에, 일본 정부의 뻔뻔함 속에 한
분 한 분 소리 없이 세상을 뜨고 계신 군대위안부 할머니들.
일본 정부는 우리 정부에 보상금을 다 줬다고 하죠. 우리 정
부는 그 돈으로 경제개발 했습니다. 그러니 이분들은 어떤
보상도 받지 못한 채 이미 받을 걸 다 받은 겁니다.

네, 제가 얘기한 사람들은 '사소한' 사람들입니다. 국익
을 위해, 국가 경쟁력을 위해 우리가 치러야 할 '사소한 손
실'의 일부입니다. 어쩌자고 저리 일일이 국가의 이익에 반
하는 입장에 서 있는지 모르겠습니다. 그 옛날, 청계천에서
잠 안 자고 미싱 돌리던 그때부터, 큰비 쏟아지는 날 은마아

파트 지하에서 숨이 끊어져도 어떤 위로도 보상도 받지 못하는 지금까지, 누가 시킨 것도 아닌데 말입니다. 단 한 번도 '국가 이익'과 같은 편에 서본 적 없는 사람들 말입니다. FTA 체결되면 '국익'이 얼마나 증가할 텐데, 선진국이 될 텐데, 경쟁력이 높아질 텐데, 허구한 날 국익하고는 상관없는 저쪽 편에 서 있는 저 사소한 사람들을 상관할 순 없지 않습니까? 저들이 누구냐구요? 그냥 대한민국 국민이죠 뭐.

『한겨레』 2011. 11. 11.

:
사람은
사라지지
않는다

요즘 나는 두 개의 창을 통해 세상을 본다. 매스미디어의 창과 소셜네트워크의 창. 이 두 창이 보여주는 세상의 모습이 조금씩 그 차이를 더해가고 있다.

소셜네트워크의 창에는 매일매일 억울하고 힘겹게 사는 사람들, 싸우고 있는 사람들의 모습이 담긴다. 삶의 터전을 잃고 쫓겨나는 서울 명동 카페 '마리'의 사람들, 안 그래도 하루하루 살아가기 퍽퍽했을 포이동 판자촌 사람들이 그 집마저 화염에 잃고 우는 사연들, 그리고 절대 매스미디어에는 등장하지 않지만 트위터 상에는 매일 올라오는 '용역'이라는 이름의 청부 폭력단체 같은 행태. 어떤 날은 정말 소셜네트워크서비스SNS만 보지 않으면, 매스미디어만의 세상에서 아무 문제 없이 평화롭게 살 수 있을 것만 같다.

한 가족이 아이 낳고 기르고, 집 장만하고, 아이 대학 보내고, 결혼시키고, 그때까지 회사에서 잘리지 않고, 살아가는데 별문제만 없다면, 그래, 굳이 다른 사람의 아픔 같은 거 돌아보지 않고 살 수 있을지도 모르겠다. 그런데 그게 잘 안 된다. 매스미디어엔 없고 소셜네트워크엔 있는 것, 정리해고되고 재개발에 밀려나는 사람들이 어디로도 정리되어 치워지지 않은 채 그 자리에서 소리 내어 울고 있고 얘기하고 있다. 그들의 아픔에 공감하는 사람들이 있고, 뭐든 해보려 애쓰는 사람들이 있다. 그리고 '김진숙'이 있었다.

그녀가 85호 크레인 35미터 상공에서, 양말을 빨아 널면 꽁꽁 얼어 머리를 때리는 흉기가 되어버리는 겨울과, 크레인 철판 위에서 상추와 방울토마토가 익어가는 봄을 지내며, 고故 김주익 열사가 살다 가신 142일을 훌쩍 넘길 때까지 대부분의 매스미디어는 그녀를 비추지 않았다. 그녀의 이야기와 웃음과 눈물이 소셜네트워크의 망을 타고 사람들의 가슴을 흔들었을 때, 그녀를 전혀 알지 못한 많은 사람들 눈에 '희망버스'는 분명 난데없는 소란으로 비쳤을지도 모르겠다. 200일이 넘어가도록 프랑스, 영국, 미국의 신문들이 다 놀라워하며 다루는 그녀의 이야기를 어쩌면 우리가 제일 모를지도 모르겠다. 그녀가 왜 거기 그렇게 있는지, '정리해고 철회'에 왜 그토록 목숨을 걸고 있는지.

잘 모르는 사람들은 그러니까 자신들이 나름대로 이해하기 위해서 이름을 붙인다. '외부세력'이라고, '거짓 선동'이라고. 그러나 아무리 그 사람들을 그렇게 치부하고 싶어도 그 사람들의 실체가 변하지는 않는다. '해고하기 쉬워서 기업하기 좋은 나라'를 거부하는 이 땅의 부모들, 출구가 보이지 않는 깜깜한 미래가 자신의 잘못만은 아님을 알아버린 청춘들이 그녀가 존경스럽고 그리워서 나선 거였다. 세계에서 가장 급속히 경제인구가 감소하고 기업이 빠져나가는 부산을 여태 방치한 허남식 부산시장님은 노사 간에 알아서 잘 대화하도록 외부세력은 빠져달라고 거듭 말하고 있다. 노사 간의 대화라니. 그야말로 김진숙 씨도, 희망버스를 타려는 사람들도 바라는 바다. 사람이 저렇게 매달려 있는데 국민이 부른 청문회에도 코빼기도 보이지 않고 있는 회장, 그들에게 제발 말해주면 좋겠다. 대화 좀 하라고. 이미 당신들의 회사에서 세 목숨이나 잃지 않았느냐고, 온 국민이 그녀의 숨소리까지 듣고 보는 이 시대에 그렇게 피하고 폭력으로 막는다고 이 문제가 해결되지 않는다고 말이다.

지금의 매스미디어가 비춰주지 않는 세상, 아픈 사람들, 기업과 사회가 치워버린 사람들, 그들과 그들의 문제는 사라지지 않는다. 아무리 눈 감고 귀 막아봐야 그들은 어디로도 가지 않는다. 그 자리에서 계속 가쁜 숨을 쉬며 살아가고 있다. 그들은 또 나 자신이며 우리 아이들의 미래이기도 하다. 그러니 제발, '대화'해주길 간절히 바란다.

『한겨레』 2011. 7. 29.

우리
이대로
괜찮은가요

그녀의 얘기를 쓰려고 합니다. 무척 망설였습니다. 나의 이야기이고, 함께하는 동료이자 선후배의 이야기입니다. 몇 번을 도망가자, 침묵하고 넘어가자, 속으로 다짐했던 주제입니다. 네, 한예슬 씨, 아니 그녀로 인해 불거진 우리의 얘기입니다.

자세한 건 잘 모릅니다. 당사자들 사이에 무슨 일이 있었는지, 현장 분위기가 어땠는지 들은 얘기도 없습니다. 방송사의 입장 발표와 스태프의 성명을 봤을 때 느낀 인상은 그냥 보통의 미니시리즈 현장과 크게 다르지 않다는 것이었습니다. 주 5일 촬영이라면 그 5일은 그냥 거의 밤을 새우다시

피 하는 거죠. 생각해보면 알 수 있습니다. 70분짜리 드라마 두 편, 꽤 긴 영화 한 편 분량을, 서너 달씩 찍는 그 분량을 닷새 만에 찍는 거니까요. 주연배우는 거의 모든 신에 등장하니 5일 중 4, 5일을 밤새우며 찍는다고 할 수 있고 조연배우들은 좀 낫습니다. 대신 현장에서 기다리는 시간이 무척 길죠. 가장 힘든 건 감독님과 스태프입니다. 그 모든 촬영을 다 해야 하니까요. 그야말로 초인적인 버티기입니다. 꼭, 누구 하나 다치거나 사고를 당하곤 합니다. 작가는요, 사람의 머리라는 게 기계도 아니고 책상 앞에 아무리 앉아 있다 한들 일주일에 대본 두 개씩이 쉽게 나올까요? 시간에 쫓기고, 매주 성적표처럼 받아드는 시청률에 목이 조이면서, 사람들을 울리고 웃길 이야기를 만들어낸다는 게 결코 녹록한 일은 아닐 겁니다.

여기서 그녀 한예슬 씨, '열악한 제작환경'을 더 이상 두고 볼 수 없다며 촬영 거부를 택했습니다. 가슴이 철렁했습니다. 제일 먼저는 방송 펑크에 대한 걱정이 들었습니다. 그리고 그 현장에 있는 사람들의 상처도 염려되었습니다. 그 현장에서, 주연배우와 그 외 다른 배우, 스태프가 그 힘든 노동을 하고 받는 대가는 비교도 할 수 없을 만큼 차이가 큽니다. 가장 오래 일하고 가장 적게 대가를 받는 사람들, 그래서 배우들은 어떤 불만이 생겨도 그 현장을 떠난다는 걸 생각할 수가 없습니다. 현장의 스태프는 간혹 바뀌기도 합니다. 너무 힘이 들어, 불화를 이유로 그만두는 경우가 분명 있지만, 이런 경우 별 티도 나지 않게 다른 사람으로 대체되지요. 게다가 스태프는 전부 비정규직이며 계약직입니다. 노조를 만들고 부당함에 저항하기란 쉽지 않은 조건입니다. 전 그래서 한예슬 씨의 행동이 가지고 온 파장에 대해서 조금은 안도하는 기분이 듭니다. 다른 누구도 아닌 톱스타이며, 드라마 현장의 가장 큰 권력자인 '여주인공'이 그와 같은 강수를 둔 것이요. 스태프였다면, 감독이나 작가였다면, 조연배우였다면, 지금처럼 얘기될 기회조차 없었을 겁니다.

"시청자와의 약속" "프로 배우로서의 자세" "받는 돈이 얼만데……" 그 모든 비난을 몰랐을 리 없는 그녀입니다. 돌아와 현장 스태프와 동료 연기자에게 미안하다고 사과하고, 그래도 자신이 한 행동에 어느 정도는 옳음이 있다고 믿는다고, 그 흔한 눈물 한 방울 보태지 않고 얘기하는 그녀를 보며 조금은 다행이다 싶었습니다. 울며불며 잘못했다고, 자신이 어리석었다고만 말했다면, 저는 같은 연기자로서 함께 부끄러워 어쩔 줄 몰라야 했을 겁니다.

사흘씩 잠을 못 자 구석에서 소리도 못 내고 울던 아역 연기자의 모습이 떠오릅니다. 자신의 꿈이기 때문에, 사람의 가장 기본적인 권리, 밤에는 잘 권리를 그 어린 나이에서부터 당연히 포기하는 그 마음은 대견해도, 엄연한 아동학대를 미화할 순 없는 겁니다. 누구를 탓한다고 해결될 문제는 아닙니다. 우리, 부디 얘기해봅시다. 우리 이대로 정말 괜찮은가요? 한 사람을 비난하고 사과받고 욕하는 것으로 끝내도 될 만큼, 우리 모두, 괜찮은가요?

『한겨레』 2011. 8. 19.

:

나는
모른다

어디선가 들은 이야기다. 보통사람이 농사를 지으면 남들이
하는 방식대로 남들이 하는 만큼 열심히 지으며 남들보다
더 많은 수확을 얻기를 바란다. 현명한 사람은 남들보다 좀
더 연구를 하고 남들보다 더 열심히 일하면서 대부분의 경
우 남들보다 많은 수확을 얻는다. 하지만 그렇지 못할 경우
도 분명 있다. 날씨 때문일 수도 있고 운 때문일 수도 있다.
실망스럽고 분하기도 하지만 그래도 더 열심히 노력한다.
전혀 다른 부류의 사람이 있다. 농사를 이렇게도 지어보고
저렇게도 지어본다. 여러 경우를 관찰하고 문제점을 알아내
고 기발한 방법을 시도해본다. 여태 누구도 해보지 않은 방

법이라 사람들은 안 될 거라고 말한다. 많은 경우 실패해서 사람들의 비웃음을 사기도 한다. 그러다 정말 획기적인 새로운 농법을 발견한다. 많은 수확을 얻는다. 그런데 이 사람은 그 방법도, 수확물도 미련 없이 다른 사람들에게 줘버린다. 사람들은 어리둥절할 수밖에 없다. 의심하고 조롱한다. 사기꾼이라고도 하고 바보라고도 한다. 이 사람은 또 다른 방법을 찾는 데 몰두한다. 농사를 짓고, 연구하고, 모험하는 과정에서 충분한 즐거움을 누렸기 때문이다. 결과물이야 누가 쓰든 크게 관심이 없다. 보통사람들은 그를 모른다. 성자라 치켜세우든 바보라 놀려대든 정확히 그가 누리는 그 기쁨의 실체에 대해 이해할 수가 없다. 그가 하는 모험이 성공할 경우 존경하고, 실패할 경우 손가락질할 뿐이다.

최근에 가장 많이 회자되는 안철수라는 사람에 대해 나는 모른다. 서너 번 직접 보았을 뿐이다. 함께 청춘콘서트를 했고 그의 말을 가까이서 들을 수 있었다. 어떤 질문에든 명쾌한 '자기 생각'을 말하는 사람이었다. '답'이라고 단언하지도, 목소리를 높이지도, 얼버무려 말하는 법도 없었다. 부드럽고 쉽게 말한다. 그 사람이 살아온 행적에 대해 들었다. 의사라는 직업을 툭 버리고 컴퓨터를 치료하는 백신을 만들고 회사를 경영했다. 어느 날 가지고 있던 60억 원의 주식을 직원들에게 나눠주고 다시 과학자의 길을 간다. 학교의 행정을 맡는다. 그를 움직이는 것은 돈이나 권력, 명예가 아니다. 자신이 할 수 있는, 의미가 있는 일, 자신이 잘 '쓰일 수 있는' 곳을 찾아나선다. 몰두한다. 거기서 기쁨을 얻는다.

그가 서울시장 보궐선거에 출마할 고심을 하고 있다는 소식을 듣고 나 역시 깜짝 놀랐다. 나를 더 깜짝 놀라게 한 건 사람들의 반응이었다. 본인의 입에서 그 어떤 얘기도 나오기 전, 단 2, 3일 동안의 그 소동은 나에게 적잖은 충격을 주었다. 그를 조금이라도 안다면, 한 번이라도 그의 생각을 듣거나 읽어본 사람은 할 수 없는 추측들이 난무했다. 그를 모를수록, 그와 가장 먼 얘기들을 가장 확신에 찬 목소리로 크게 말했다. 단 이틀을 기다리지 못해 그를 적으로 만들고야 마는 조급함에 어리둥절했다.

기존의 틀, 흔히 말하는 '진보와 보수'가 아닌 '상식과 비상식'의 구도를 말했던 그는 하루아침에 '새로운 보수'라는 전혀 새롭지 않은 틀 속에 억지로 끼워맞춰지고 있었다. 그가 입을 연 뒤에는 정확히 반대의 상황이 벌어졌다. "잘 모르겠다. 기다려보자"라고만 했어도 그리 섣불리 상처 입히고 우스워지는 일은 없었을 거다. 우리는 그를 모른다. 기존의 틀로 현실에 나타나는 모든 현상을 재단하고 확신하는 거야말로 '진보'라는 단어에서 가장 먼 태도다. 모르면, 가만히 지켜보면 된다. 오랜 관찰이야말로 모든 '과학적 진보'의 시작이다. 섣불리 소리 높여 예단하려 하는 건 "거봐라, 내 그럴 줄 알았다!"라고 우쭐대고 싶은 마음이다. 일의 성패를 빨리 알고 싶어하는 욕심이다. 그렇게 우리는, 아주 많은, 실패를 즐기는 모험가를 잃어왔을 거다.

『한겨레』 2011. 9. 30.

:

울지 말고
일어나
피리를
불어라

오랜만에 모교를 찾았다. 40분의 강연을 마치고 질문을 받기 시작했다. 한 친구가 말을 꺼냈다. 음대생이라고 했다. 지방에서 올라왔고 평범하게 자랐지만 음악을 무척 좋아했다고 했다. 첼로를 전공한다 했다. 그런데 등록금이 한 학기에 600만 원. 그 말을 꺼내면서 눈물을 떨구었다. 부모님께 너무 죄송하다 했다. 정말 간절히 등록금이 내려가길 바랐는데 이번 학기 등록금에는 10원 한 푼 변화가 없다 했다. 같은 과 친구들을 모두 부잣집 딸인지 등록금 문제에 아무 관심이 없다고 했다. 자신은 너무나 답답한데 꿈쩍 않고 무관심한 친구들을 보면 어찌해야 좋을지 모르겠다고 했다.

그동안 학생들과 직접 많은 얘기들을 나누어보았지만 그리 많이 우는 학생은 처음 보는지라 마음이 많이 아팠다. 며칠이 지난 지금까지도 마음에 남는다. 배움의 즐거움을 박탈당한 아이들. 우리나라 교육은 거의 모든 과정을 통해 배우고 익히는 순수한 즐거움을 빼앗고 있는 것은 아닌지 모르겠다. 오로지 경쟁을 시켜 걸러내는 과정, 심지어 부모의 재산상태까지도 그 경쟁의 요소로 포함시켜놓았다.

후배들에게 해줄 수 있는 얘기는 뻔하다. 이렇게 만들어놓아 미안하다. 그런데 어쩔 수 없이 이 문제는 너희가 풀어야 한다. 우리가 옆에서 응원하고 함께해줄 순 있지만 싸움을 치러내는 건 너희 문제다. 너희가 해내지 않으면 안 된다. 그런 말이 실제로 얼마나 도움이 될지는 알 수 없다. 울던 그 친구는 또 한 학기만큼의 빚과 죄책감을 가지고 살아내야 할 것이고, 싸우고자 하는 친구들이나, 그저 바랄 뿐 어쩌지 못하는 친구들이나 힘이 들긴 마찬가지일 테다. 아이들이 아무리 싸운다 한들 다들 제스처만 취할 뿐이다. 그래도 "원한다면" 싸워야 한다. 싸워서 제스처라도 따내야 한다. 할 수 있는 모든 방법을 써야 할 것이다.

지금 대학생들을 무의식적으로 '아이들'이라고 부르게

되는 건 그들이 여태 어른을 흉내내고 순종하는 것 외에 다른 것을 경험하는 것을 겁내기 때문이다. 그것도 어른들 탓이다. 말 잘 듣고 공부 잘하는 아이로만 키우려던 우리가, 그러면서 이 사회를 출구가 없는 깜깜한 미로로 만들어 밀어 넣고야 만 우리가 그렇게 만들었다. 그러면서 "요즘 아이들은 패기도 없고 끈기가 없어"라는 말을 참 아무렇지도 않게 뱉는다. 한때 운동을 했던 사람들조차 후배들을 '군기'로 다스렸고 자신들이 했던 방식대로 계속하기를 가르쳤다. 아이들은 그러고 있다. 선배들이 하던 방식대로 해보려고 한다. 당연히 요즘의 또래들에게 잘 안 먹히는 방법이다. 지속하기도 어렵다. 이 현상은 지금 어른들도 마찬가지다. 기성의 질서, 기성의 권위에 반기를 들고자 하는 사람들도 방법에서는 하던 대로일 때가 많다.

지금은 시위의 대명사가 된 촛불. 누군가 처음 촛불을 들었을 때, 돌이나 깃발이 아닌 예쁜 촛불 하나를 처음 두 손에 쥐었을 때, 그리고 그 옆 사람, 그 옆 사람이 함께 들었을 그 '아름다움'은 낯설고 어리둥절한 '새 방법'이었을 거다. 누군가는 못 미더워했고 한계를 지적했다. 당황했다. 그래도 촛불은 여러 사람 손으로 번져갔고 물결이 되었다. 누군가는 촛불이라는 말만 들어도 치를 떨게 되었다. 촛불이 무기가 된 것이다. 지금 촛불은 일상적인 시위방법이 되었다.

지금 주저함 없이 새로운 무엇인가를 하길 바란다. 장소도 시간도 방법도 무엇이든 변화가 있길 바란다. 혼자라서 머쓱한, 그 첫 사람이 네가 되길 바란다. 변화를 구하는 그 방법조차 변화하기를, 그래서 학교에서 못 누린 기쁨을 세상에서 스스로 익혀보길 바란다. 후배들아, 부디 선배들 하던 대로 하지 마라!

『한겨레』 2011. 9. 30.

당신은
강자인가요

작년 봄 시골 작은 집에서 심각한 지적장애를 가진 서른 명
의 아이들을 키우신 목사님 한 분을 만나뵌 적이 있다. 청년
시절 15년을 결핵환자와 함께 지내고, 이후 부모로부터 버
려진 아이들을 돌보기 위해 목사의 신분을 갖게 되었던 그
분이 일러주신 팁을 전하려 한다. 연말에라도 장애인 시설
찾아가주는 건 좋다. 1년에 한 번도 안 가는 것보단 낫다. 과
자 같은 거 사가지는 마라. 한꺼번에 많은 양의 인스턴트음
식을 먹은 아이들은 반드시 배앓이를 한다. 그냥 돈을 줘
라. 필요한 건 그곳 사람들이 제일 잘 안다. 더 좋은 건 생색
안 내고 매달 얼마씩 꼬박꼬박 돕는 거다. 예산을 짜서 운영

할 수 있게 해줘라. 그리고 제발 같이 사진 찍자고 하지 마라. 와준 손님 기분 상할까 거절할 순 없지만 생각해봐라. 당신 같으면 사진 찍고 싶겠는가? 아침에 얼굴 좀 붓고, 입은 옷 맘에 들지 않아도 사진 찍기 싫지 않더냐. 그런데 그 모습으로 그 처지에 있는 사람들이 예쁘고 잘난 당신 옆에서 사진 찍고 싶겠는가 말이다. 말하는 내내 일상적이고 차분한 어조로 웃으며 말씀하셨지만 듣는 내내 마음이 뜨끔거렸다. 정말 얼마나 적게 내놓고 얼마나 많이 생색 내며 살고 있나 싶었다.

　최근에 다시 마음이 뜨끔거린다. 선거철이라 그런지 마치 구호처럼 여기저기서 들리는 "약자를 돌보겠습니다"라는 말 때문이다. 약자란 무엇인가? 약한 사람, 돌봐주어야 하는 사람. 돈이 있거나 힘이 있는 부모를 만나 기껏해야 '입시경쟁'에서 살아남았다고, 취업경쟁이나 고시경쟁에서 우위를 차지했다고 해서 '강자'인가? 사회적 쓸모로 따져보면, 그러니까 없어서는 안 되는 순서로 따져보면, 그런 사람이야말로 '약자'이다. 타인의 노동에 의해 먹고 입고 있는 거다. 깨끗한 곳에 몸을 누일 수 있는 거다. 여름, 수해가 있던 날 어느 아파트 지하에서 배전관리를 담당하다 죽어간 경비원

보다 더 쓸모 있는 사람, 더 강한 사람이라 말할 수 있는가 말이다. 그래서 '사회적 약자'란 표현을 쓰곤 한다.

우리가 사는 사회의 계약 속에서 부당하게 소외되고, 자신의 노동이 제 가치를 인정받지 못해서 궂은 일, 힘든 일을 하면서도 어렵게 살 수밖에 없는 사람들이 있다. 아주 많다. 혹 내가 그렇지는 않다고 해서 안심할 일도 아니다. 지금의 안전망 정도의 수준이라면 눈 깜짝할 사이 그런 처지가 될 수 있다. 만일 내가 힘이나 돈을 좀더 가지고 있다면, '사회적 강자'의 위치에 있다면, 그분들께 가져야 하는 마음은 '측은지심'이 아니라 '빚 갚는 마음'이어야 할 거다. 하루라도 빨리 내가 누리고 지니고 있는 것들이 제자리를 찾아가도록 애쓰는 마음. 낮은 곳을 돌보는 마음이 아니라, 내가 사실은 가장 낮고 보잘것없는 사람임을 깨닫는 마음일 거다. 흔히 공직자들에게 요구되는 '겸허'라는 덕목은 어쩌면 '너 자신을 알라'라는, 너무도 당연한 명제일지 모르겠다.

명동에서, 포이동에서, 수십 년 동안 그 자리에서 먹고살아온 사람들에게 새벽에 들이닥쳐 폭력을 휘두르는 그 청년들, 용역이라는 이름의 사내들, 그들을 고용한 회사, 그 엄연한 폭력을 눈감았던 관공서, 아무리 찾아가도 얼굴 한 번

마주칠 수 없었던 그 지역 의원, 회사에서 성희롱을 당해 인
권위에 진정했다는 이유로 해고당한 채 여성가족부 앞에서
200일 가까이 농성하는 여성노동자, 되레 쫓아내고 방해하
려는 담당 부서 직원들…… 이제 와서 아무리 "약자를 돌보
겠습니다"라고 노래를 불러봐야 그 말을 털끝만큼도 믿을
수 없는 건, 이미 그 말 속에 강고히 자리잡은 특권의식과 강
자의 입장 때문만은 아니다. 지금도 벌어지고 있는 몰염치
한 현실의 그림들이 있다. 주어는 없다. 비단 한 사람의 문제
도 아니기 때문에.

『한겨레』 2011. 10. 21.

'방법'을
찾습니다

며칠 전 한 교실에서 일어난 일에 대한 기사를 봤다. 선생님
과 학생 사이에 벌어진, "교권이 바닥에 떨어진 사건"이었
다. 학생은 선생님께 있는 힘껏 대들고 비아냥거리고 있었
다. 선생님은 "내가 널 때렸다고? 그게 때린 거야?"라고 묻
고, 학생은 "얘들아, 니네 다 봤지? 선생님이 날 때린 거 맞
지?"라고 다른 학생들의 동의를 구하고 있었다. 선생님이
"정말 한심하다"고 말하자, 한 치의 물러섬 없이 "선생님도
요"라고 되받아친다. 선생님이 이 학생에게 아무리 화를 내
고 소리쳐봐도 이 학생은 점점 더 심하게 조롱하고 야유할
뿐이었다. 고백한다. 내가 그 자리에 있었다면 난 그 녀석을

쥐어팼을 거 같다. 기사 제목처럼 교권이 땅에 떨어져 자근
자근 밟히는 느낌이었다.

한나절이 지나서야 내 사춘기가 떠올랐다. 선생님들에 대
한 실망과 분노의 감정들. '미친개'라는 별명을 가진 선생님
은 툭하면 맨손으로 가슴과 엉덩이를 때리는 성추행을 일삼
았고, 공공연한 혐오의 대상이었다. 이런 극단적인 경우 외
에도 학교는 늘 폭력으로 가르치는 곳이었다. 질문에 제대
로 답하지 못할 때, 실내화를 구겨 신었을 때, 자율학습시간
에 늦게 착석했을 때…… 난 맞는 게 정말 싫었다. 납득할 수
가 없었다. 그게 정말 그렇게 맞을 일인가 싶을 때가 한두 번
이 아니었다. 아픈 친구가 집에 가도록 택시를 잡아 태워준
뒤 자율학습시간에 늦게 들어온 반 친구가 뺨을 대여섯 대
연거푸 맞는 걸 보고는 분해서 눈물이 났다. 소리 지르고, 욕
하고 싶었다. 선생님을 존경해본 적은 정말 드물다. 그분들
을 닮고 싶고 가르침을 따르고 싶다는 마음도 들지 않았다.
어린 마음에도 잘못된 건 잘못된 걸로 보였다. 단지 체벌이
무서워 꾹 참을 뿐이었다. 체벌은 권위를 지켜주지 않는다.
'권위주의'라면 모르겠다.

아이들은 생각한다. 선생님이 옳고 내가 틀려서 벌을 받

는 게 아니라고. 그저 선생님은 때릴 수 있는 위치에 있고, 나는 힘이 없어서 맞는 것뿐이라고. 이 역사가 하도 길어 이제 학내 체벌을 금지하려니 교권이 바닥에 떨어졌다는 한탄이 끊임없이 나오고 있다. 사실은 이미 바닥이었던 교권을 체벌로 감추고 있던 게 드러나는 게 아닐까 싶은 생각이 든다. 오래전부터 스승을 존경하고 따르는 풍토는 찾기 힘들었으니까. 오로지 입시만을 준비시키고 "이기는 사람이 옳다"고 주입시키는 학교에서 선생님의 권위가 인정되고 존경을 받기란 어려울 수밖에 없다. 이런 근본적인 문제 말고도, 난 우리 선생님들이 '체벌' 외에 아이들을 가르치고 설득할 수 있는 효과적인 '교육방법'을 얼마나 가지고 있는지 궁금하다. 비단 선생님뿐이 아니다. 사춘기 자녀를 둔 부모도, 청소년 문제를 떠안고 가야 하는 우리 사회 전체도 이 어려운 나이의 아이들을 제대로 가르칠 방법을 갖고 있지 못하다고 느껴진다. 때리고, 겁주고, 다른 건 아예 못 보도록 '경쟁' 속으로 밀어넣고, 금지하고, 금지하고, 금지하고……

그러거나 말거나 아이들은 자란다. 바로 곁의 부모와 선생님, 인터넷과 방송매체를 보면서 어른들이 무엇에 탐닉하는지 다 본다. 돈이 최고라고, 잘난 사람이 못난 사람을 억누르는 게 옳다고 배운다. 이런 아이들을 때려봤자 '폭력'을 배울 뿐이다. 구체적인 방법, 아니 기술이 필요하다. '어떻게 이야기 나눌 것인가?' 우리가 알지 못하는, 어렵다고 생각해 지레 포기해버린 '교육방법'. 배 속에 아기를 품고 있자니 세상 무엇보다도 교육의 문제가 엄중하게 다가오는 요즘이다. 나를 통해 세상을 보는 이 아기가 드라마에서 나오는 대사를 따라할 것만 같다. "그래, 고작 폭력이란 말이냐?"

『한겨레』 2011. 12. 9.

희망의
끝

희망이란 말이 아프다. 아름답고 따뜻한 저 단어를 씀으로
우리의 마음도 슬픔에 물들지 않기를 바라는 간절함이 보여
서다. 희망버스, 2011년, 한진의 85호 크레인 위에 살고 있
는 한 사람의 목숨을 건 소원, 동료 노동자들의 복직. 그 가
족들이 일상으로 돌아가기를 바라는 그 마음이 너무 간절
해서 달리게 된 버스였다. 웃으며 끝까지 함께하자 했다. 웃
을 상황이라 웃자고 한 게 아니었다. 그래야 많은 사람과 함
께할 수 있고 그래야 끝까지 싸울 힘을 낼 수 있으니까였다.
'사람의 마음'이란 단순하다. 아무리 옳은 일이라 머리로는
생각해도, 그 길이 힘들고 고통스럽게만 보이면 나서지 않

는다. 나서서 싸우는 소수의 사람들에게 "참 훌륭하세요, 대단하세요!"라고 존경은 표할지언정 그 길에 함께 서지 않는다. 나부터가 그렇다.

그 절박한 목숨을 건 투쟁 중에 웃음으로 말을 건 사람이 김진숙이었다. 트위터라는 소통의 공간에서 그녀가 가진 이 웃음의 힘은 어떤 눈물보다 힘이 셌다. 물론 웃게만 한 건 아니었다. 웃던 그녀가 차분히 현실을 말할 때, 고통을 말할 때 비장미를 훌쩍 뛰어넘는 감동이 사람들을 움직였다. 그녀와 함께라면 끝까지 갈 수 있을 것 같았다. 그렇다고 그녀의 웃음이, '희망'이라는 해사한 단어가 아프지 않은 것은 아니다. 아니 훨씬 더 가슴을 찔러 절절히 느끼게 한다. 외면하거나 눈감을 수 없게 한다.

또다른 곳에서 이 '희망'을 친다. '희망텐트'를 친다. 쌍용차 해고노동자들의 길고 긴 투쟁, 이미 열아홉 명의 목숨을 앗아간 그곳에서 말이다. 2011년 내내 그곳에서 들려온 아픈 소식, 회사 쪽은 461명의 복직을 약속했었다. 그중 단 한 사람이 복직했다. 지금 철저히 회사 쪽 입장을 대변하고 있는 노조의 위원장이다. 법원도 복직을 명했다. 지키지 않고 있다. 회사 앞에 텐트를 치고 농성을 하자 경찰이 와서 텐트를 뺏는다. 여기저기서 지원한 물품들을 어떤 근거로 뺏어 가냐고 항의해도 힘으로 그리할 뿐이다. '희망퇴직'이라는 얼토당토않은 이름으로 쫓겨난 사람들이 어디서 어떻게 살아가는지, 또 누가 그저 심장이 멎어, 또는 스스로 끊어버려 목숨을 잃을지 모르는 이런 상황에서 그들은 다시 '희망'을 말한다. 한진중공업에서 희망을 기획했단 이유로 시인이 구속 수감되어 있고, 한진의 해고자들 역시 회사 쪽이 합의서를 이행하기를 기다려야 하는 입장이다. 그 가운데 회사 쪽은 또 하나의, 자신들과 뜻을 같이할 노조를 만들었다. 불안함이 엄습한다. 한진의 상황이 쌍용자동차처럼 흘러갈까봐, 약속을 지키지 않는 회사 때문에 희망의 끈을 놓는 사람들이 생겨날까봐, 우리의 '희망'이란 우리가 생각했던 것보다 훨씬 더 길고 긴 싸움 끝에야 이루어지는 것일까봐. 그래도, 고맙게도 쌍용자동차에서 '희망'을 친다. 빼앗기고 또 빼앗겨도 다시 친다. 그 주위에 사람들이 함께 선다. 물품을 보내주고, 응원도 하고, '와락' 끌어안으며 상처를 치유해간다.

보고 있으면 눈물이 난다. 웃자고 아무리 결심해도 웃음이 나지 않는다. 왜냐면 지금 난 그곳으로 달려가지 못하기 때문이다. 그곳에 많은 아름다운 사람들이 함께하고 있다고 듣기만 해서이다. 함께 있는 사람들은 분명 웃기도 할 거다. 울다가 웃다가, 그렇게 해오지 않았다면 여기까지도 오기 힘들었을 거다. 지금 내가 할 수 있는 건 그곳에서 눈 돌리지 않는 것뿐이다. 그 아프고 단단한 희망의 끝을 함께 보겠다고 약속할 수 있을 뿐이다. 나도, 내 배 속 아이도 살아가야 할 세상, 그 고단한 싸움을 대신 해주고 있는 그 사람들에게 잔뜩 진 빚을 갚을 길, '희망'을 놓지 않겠다. 보고야 말겠다.

『한겨레』 2012. 1. 12.

그의 말,
그녀의 말

yohjini

그 사람이 쓰는 단어 하나가 그 사람의 바닥을 환하게 비
출 때가 있다. 아무리 '그런 뜻이 아니라……'라고 설명
해봐야 소용없다. 무의식까지 싹 들켜버린, 천 마디 말보
다 확연한 순간이니까. 마음은 싸늘하게 식어버린다.

'나는 꼼수다'의 정봉주 씨가 수감된 날, 한나라당 전여옥
씨의 글이 트위터의 타임라인을 들끓게 했다. 정봉주 씨가
수감 전날 가족들과 하얏트호텔에서 저녁을 먹고 사진을 찍

었다는 거다. 그러면서 서민들 편에 선다는 진보인사들의 이 럭셔리한 행보가 우습다는 식의 글이었다. 뭐 이 글 자체에 대해서는 할 말이 없다. 단어 하나, 문맥 하나 대꾸할 가치를 못 느낀다. 이 글에 분노한 트위터리언들이 전여옥 씨를 비아냥대고 욕하며 공격하기 시작했다. 그중에는 그녀가 송년회 자리에서 남자와 파트너 댄스를 추는 동영상을 올려 '추하다'는 식으로 비난하는 글들이 올라왔다. 자기는 저렇게 놀면서 정봉주 씨의 가족과의 마지막 식사를 비판하느냐는 논리였다.

가족과 특별한 식사를 하는 것도, 송년회 파티에서 춤을 추며 노는 것도 전혀 비난받아야 할 성질의 것이 아니다. 네가 먼저 욕했으니 똑같이 갚아주마 하는 식은 유치하다. 그러면 둘 다 욕먹어도 되는 행위가 되어버린다. 여기까지도 그러려니 했다. 몇몇 사람들의 트윗에 '발정난' '미친년'이라는 단어가 올라왔다. 이건 뭔가. 이건 "네가 욕해놓고 넌!"이라는 수준도 아닌, 그냥 중년의 여자가 남자와 손 붙잡고 춤을 추는 것 자체에 대한 혐오를 드러내는 것이다. 마음이 싸늘해짐을 느꼈다. 친구였다면 더 이상 함께하고 싶지 않을 만큼 마음이 닫히는 걸 느꼈다. 말이란 그런 힘이 있다.

구구절절 설명하는 그 내용보다 단어 하나가 더 많은 말을 할 때가 있다.

과거 그런 몇 번의 경험들이 떠올랐다. 호감을 가졌던 사람들, 가까워진 가운데 어느 날 문득 귀를 의심하게 되는 말 한마디. 폭력적이고 편견에 사로잡힌 잔인한 말 한마디. 기분이 좋지 않거나 마음이 약해지고 화가 많이 나서 그런가보다, 머리로는 이해하지만, 마음이 식는 건 어쩔 수가 없다. 슬퍼지고 배신감을 느낀다. 상대가 남자였거나, 그래서 사귀고 있거나 하는 경우라면 결국 헤어지게 된다. 당장은 아니더라도, 그렇게 식기 시작한 마음은 그를 의심의 눈초리로 보게 되고 이전에 이해되지 않았던 행적들을 떠올리게 되고, 이후의 행동에서도 자꾸 '아닌 면'을 보게 된다.

정확히 이유를 말해줄 수 없어서 더 답답하다. 이유를 말해도 받아들여지지 않는다. "그건 그런 뜻이 아니라……" 설명하려고 들 뿐이다. 몰라서 그리 된 게 아닌데, 마치 말로 설명하면 모든 게 다 없었던 일이 것처럼 설득한다. 그렇게 허무한 노력을 계속하는 그가 점점 더 초라해 보이는 건 어쩔 수 없다. 차라리 "아, 내가 그런 면이 있구나. 나도 몰랐네. 미안해. 내가 아직 그러네" 하고 가볍게 말할 수 있다면,

자신을 방어하는 게 아니라 인정하고 돌아볼 수 있다면 멋졌을걸 하고 바라게 된다.

내가 쓰는 말, 말투, 말씨가 다 나다. 그걸 변명해봐야 아무 소용없다. 행여 그 일로 상대의 마음이 멀어진다 해도 어쩔 수 없다. 아쉬워도 잡을 수 없다. "그럴 만해" 하고 존중하며 보내주는 게 낫다.

굳이 고치고 싶지 않다면, 그렇게 살면 된다. 가는 사람 붙잡겠다, 억지 부리지만 않으면 된다. 난 더 나은 사람이다, 오해하지 말아달라, 매달리지 않으면 된다. 내가 나를 인정하면 그뿐. 생긴 대로 살면 되는 거다. 스스로 불편하지 않다면. 하지만 고치고 싶다면, 고치면 된다. 내 안의 무엇이 그렇게 하게 했나 살펴보며, 나와 다른 의견, 다른 생각들에 귀기울이는 것이다.

공부하고 성찰하면서 내 의식 밑바닥까지 좀더 부드럽게 다듬어가려 마음먹는다. 나는 그래야겠다고 다짐한다.

인터뷰

2011년 12월, 크리스마스도 지나버렸다. 밖은 무척 춥다. 동네 커피숍까지 걸어가서 한 시간가량의 인터뷰를 마쳤다. 걷는 내내 머리가 아플 정도로 추운 날씨였다. 배가 당기는 듯한 느낌에 조금 걱정스럽기도 했다. 그래도 딱 요만큼 걷는 걸로 무리가 가진 않겠지.

인터뷰는 두 가지. 여성신문사에서 주는 '미래지도자상'에 대한 소감과 올 한 해를 정리하는 인터뷰. 그리고 지금 구치소에 갇혀 있는 송경동 시인 후원의 밤 행사에 쓰일 간단한 영상 인터뷰.

여성신문사의 기자는 나한테 트위터란 무엇인지, '소셜테이너'가 되고 나서의 삶은 어떠한지를 주로 묻는다. 트위터는 내 '놀이터'라고 말했는데 선뜻 못 믿겠다는 눈치다. 그래도 영향력을 가지고 있지 않느냐, 부담스럽지 않느냐, 재차 묻는다. 길게 답한다. 내가 혹 영향력을 갖게 되었다면 그건 내가 가볍게 말하고 행동하기 때문이라고. 관심이 있어서 가보고, 의견을 말하고, 할 수 있는 일을 하고 싶은 방식대로 하는 것뿐이라고. 그래서 다른 사람들도 가벼운 마음으로 함께해주신 것 같다고.

김진숙 씨와의 관계도 묻는다. '자매애' 같은 것이냐고. 자매애. 글쎄, 그렇게 말할 수도 있겠다. 그렇게 이름 붙일 수도 있겠다. 사실 난 그녀의 농담에 반했다. 그녀의 단어, 말투, 그 안에 담긴 위트. 그녀의 상황을 생각하면 할수록 유머감각은 놀라웠다. 그랬다. 트위터에서 내가 어떤 말을 올려도 그녀만큼 웃게 받아주는 사람이 드물었다. 35미터에 매달려 살고 있는 그녀가 나와 농담으로 통했다. 보는 사람들도 신기해했다. 끼어들기도 했고, 놀라워하기도 했고, 지금이 농담할 때냐며 버럭 화를 내기도 했다. 길지 않은 인터뷰 속에 그때 그 느낌들이 떠올라 혼자 빙긋이 웃었다.

이상하게 우는 영상과 사진이 많이 나가긴 했지만, 나와 그녀는 낄낄 웃은 적이 훨씬 많다. 내가 울고 있을 때도 그녀는 나를 웃겼다. 웃음은 힘이 세다. 난 웃음을 믿는다. 어떤 상황에서도 웃을 줄 알고 웃길 줄 아는 사람을 믿는 편이다.

두번째 인터뷰, 송경동 시인과 그를 후원하고자 모인 작가분들에게 보내는 메시지. 난 그것도 웃으면서 한다. 가볍게 한다. 다행히 영상을 담는 분도 좋아한다. 심각하고 슬프지 않게 해주길 바랐단다. 그렇게 해달라고 해도 못 했을 거다. 이 날씨에 차가운 구치소에 있을 시인을 생각하면 물론 마음이 아프다. 그래도 웃으며 말할 수 있다. 그 사람의 마음이 어느 한구석 뿌듯한 자부심으로 채워져 있을 거라 믿는다. 몸이 갇혀 있다 해서 마음까지 가두어지진 않는 법이다. 외롭고 힘들어도, 본인이 꿈꾸는 세상으로 가기 위해 두려움 없이 한발 한발 내딛고 있는 그 아름다운 마음이 때론 부럽기까지 하다. 가장 행복한 길이기도 하니까.

나는 나의 꿈을 꾼다. 때론 우리의 꿈이 겹친다. 그래서 함께 간다. 다른 누구를 위해서도 아니다. 나의 꿈, 나의 행복을 위해서다. 그러니 웃으며 뚜벅뚜벅 간다. 심각할 이유, 없다.

2011년, 범상치 않았던 한 해의 중반, 글을 써보자는 대단한(!) 결심을 했다. 글을 쓰기 시작하고 얼마 지나지 않아 아기를 갖게 되었고, 늦어도 아기가 태어나기 전에는 마무리 지으려던 계획은 3주 이른 출산으로 무산되었다. 수태에서 출산까지, 아기는 자비심은 없었다. 그 꼬물꼬물 몰랑몰랑한 생명체는 나의 계획이나 여유, 뭐 그런 건 아랑곳하지 않고 지금껏 내 전 존재를 요구하고 있다.

사람이 그런 존재인지 몰랐다. 나약하기 그지없어 누군가의 헌신이 없으면 아예 존재할 수 없는, 그토록 귀하디귀한 존재인지, 정말 꿈에도 몰랐다. 한동안은 '사람'이라는 단어만 떠올려도 눈물이 났다. 이 세상 귀하지 않은 사람은 없다. 모두 한때 아기였으니까.

내가 어떤 사람을 '사랑하는 순간'은, 그때만큼은 그 사람을 귀하게 보아왔다. 내 스승이 말씀하시길, 처음 사랑에 빠지면 콩깍지가 씌워지는 게 아니라 콩깍지가 벗겨지는 거란다. 사랑을 하고서야 비로소 그 사람의 사회적인 조건이나 나의 개인적인 편견, 서로의 습관이나 고집을 내려놓고, 그 사람 자체를 보기 시작한다. 그러니 늘 보던 사

람이 갑자기 빛이 나고 아름다워 보이기도 하는 거다. 그
랬다, 나도. 그런 식으로 연애가 시작되곤 했다.

솔직히 책 쓰는 내내 마음에 걸렸던 것 한 가지. 내 얘기
에 누가 관심을 갖겠다고 이렇게 자세하게 쓰고 있는 걸
까. 내가 살아온 이야기들, 그러니까 어릴 때 사소한 기억
부터 지금 내가 좋아하고 싫어하는 것들까지 이렇게 꼼꼼
하게 풀어냈던 건 주로 연애를 시작할 때였다. 연애라는
과정을 생각해보면, 그게 몇 번째 연애건 간에, 초기에는
자기 얘기를 많이 하게 된다. 내게 관심를 보이는 누군가
에게, 나를 알고 싶어하는 누군가에게, 이런 나를 사랑해
주길 바라는 마음으로, 쑥스러움을 무릅쓰고 내 얘기를 털
어놓는다. 내용뿐 아니라 상대가 대답하는 모습이나 말투
까지 유심히 보고 들으면서 우리의 연애는 깊어지거나 멈
춰버린다.

고백컨대, 내가 제일 좋아하는 건 연애다. 가장 행복했
고, 가장 아팠고, 그러면서 완전히 몰입했기에 나중에 기
억에도 많이 남은 건 연애의 순간들이었다. 돌이켜보면 난
연애하던 습관대로 사람들을 만나고, 일을 하고, 세상일에
관심을 가졌다. 설레다가, 어느 순간 짜릿하다가, 또 발끈
하기도 하다가, 다시 흐뭇해하다가 말이다. 작년 한 해는
더 많은 사람들과 일들과 연애에 빠졌다. '날라리'들, 김진

숙 씨, 트위터에서 만난 친구들, 그리고 여러 일을 통해 함께했던 사람들.

우리가 꿈꾸는 연애란 얼마나 멋진 관계인가. 먼저 애정을 주되 기다릴 줄 알고, 설득하되 가르치지 않고, 거리를 두되 버려두지 않고, 웃으며, 함께, 끝까지 가보면서 자신과 타인을 성찰해가는 관계. 연애를 하면서, 멋진 연애를 고민하고 노력하면서, 우리는 자란다.

독자들에게 연애를 거는 심정으로 이 책을 썼다. 김여진이 그간 벌여놓은 '다종다양한 연애질(?)'을 담았다. 독자들 중에 지금 내가 이러고 살아도 되나 하는 걱정되는 분이 있다면, 뭐 그렇게 살아도 되는구나, 그래도 살아지는구나, 그 정도 용기를 얻는 데 이 책이 쓰였으면 좋겠다.

지금, 여기, 무조건 행복.

2012년 어느 봄날,
김여진